共和国故事

泽被千秋
——社会主义新农村建设战略正式实施

陈栎宇 编写

吉林出版集团股份有限公司

图书在版编目（CIP）数据

泽被千秋：社会主义新农村建设战略正式实施/陈栎宇编. —长春：吉林出版集团股份有限公司，2009.12

（共和国故事）

ISBN 978-7-5463-1862-2

Ⅰ．①泽… Ⅱ．①陈… Ⅲ．①纪实文学–中国–当代 Ⅳ．①I25

中国版本图书馆 CIP 数据核字（2009）第 233749 号

泽被千秋——社会主义新农村建设战略正式实施
ZEBEI QIANQIU　SHEHUI ZHUYI XIN NONGCUN JIANSHE ZHANLÜE ZHENGSHI SHISHI

编写　陈栎宇

责任编辑　祖航　李婷婷

出版发行　吉林出版集团股份有限公司

印刷　三河市嵩川印刷有限公司

版次　2010年1月第1版　　　2022年1月第9次印刷

开本　710mm×1000mm　1/16　　印张　8　字数　69千

书号　ISBN 978-7-5463-1862-2　　定价　29.80元

社址　吉林省长春市福祉大路5788号

电话　0431–81629968

电子邮箱　tuzi8818@126.com

版权所有　翻印必究

如有印装质量问题，请寄本社退换

前　言

　　自1949年10月1日中华人民共和国成立至今,新中国已走过了60年的风雨历程。历史是一面镜子,我们可以从多视角、多侧面对其进行解读。然而有一点是可以肯定的,那就是,半个多世纪以来,在中国共产党的领导下,中国的政治、经济、军事、外交、文化、教育、科技、社会、民生等领域,都发生了深刻的变化,中国人民站起来了,中华民族已屹立于世界民族之林。

　　60年是短暂的,但这60年带给中国的却是极不平凡的。60年的神州大地经历了沧桑巨变。从开国大典到60年国庆盛典,从经济战线上的三大战役到经济总量居世界第三位,从对农业、手工业、资本主义工商业的三大改造到社会主义市场经济体制的基本确立,从宜将剩勇追穷寇到建立了强大的国防军,从废除一切不平等条约到独立自主的和平外交政策,从"双百"方针到体制改革后的文化事业欣欣向荣,从扫除文盲到实施科教兴国战略建设新型国家,从翻身解放到实现小康社会,凡此种种,中国人民在每个领域无不留下发展的足迹,写就不朽的诗篇。

　　60年的时间在历史的长河中可谓沧海一粟。其间究竟发生了些什么,怎样发生的,过程怎样,结果如何,却非人人都清楚知道的。对此,亲身经历者或可鲜活如昨,但对后来者来说却可能只是一个概念，对某段历史的记忆影像或不存在，或是模糊的。基于此，为了让年轻人，特别是青少年永远铭记共和国这段不朽的历史，我们推出了这套《共和国故事》。

《共和国故事》虽为故事，但却与戏说无关，我们不过是想借助通俗、富于感染力的文字记录这段历史。在丛书的谋篇布局上，我们尽量选取各个时代具有代表性或深具普遍意义的若干事件加以叙述，使其能反映共和国发展的全景和脉络。为了使题目的设置不至于因大而空，我们着眼于每一重大历史事件的缘起、过程、结局、时间、地点、人物等，抓住点滴和些许小事，力求通透。

历史是复杂的，事态的发展因素也是多方面的。由于叙述者的视角、文化构成不同，对事件的认知或有不足，但这不会影响我们对整个历史事件的判断和思考，至于它能否清晰地表达出我们编辑这套书的本意，那只能交给读者去评判了。

这套丛书可谓是一部书写红色记忆的读物，它对于了解共和国的历史、中国共产党的英明领导和中国人民的伟大实践都是不可或缺的。同时，这套丛书又是一套普及性读物，既针对重点阅读人群，也适宜在全民中推广。相信它必将在我国开展的全民阅读活动中发挥大的作用，成为装备中小学图书馆、农家书屋、社区书屋、机关及企事业单位职工图书室、连队图书室等的重点选择对象。

编　者

2010年1月

目录

一、中央决策

中央提出建设新农村/002

中央公布一号文件/006

国务院举行新闻发布会/010

中央举办专题研讨班/013

提出建设现代农业/018

推出农村合作医疗/022

加强农业基础建设/024

提出农业增收意见/027

二、贯彻实施

延寿打造生态农业县/030

蒋巷村开发农业旅游产业/032

海南联创文明生态村/036

高校服务新农村建设/041

遵义展开建设新农村活动/049

湖北推行"以企带村"模式/055

恭城建设生态新家园/075

成都推进城乡一体化/082

目录

　　　万丰泉破解新农村建设难题/084

　　　丰县创建循环农业区/092

三、**新兴生活**

　　　在新村镇建设中受益/096

　　　农家俱乐部吹新风/098

　　　恭城农民用沼气/100

　　　桅杆村村民重和谐/103

　　　余杭村民相约过周末/106

　　　石家庄农民连年增收/109

　　　王兰庄村的巨变/112

　　　芜湖农民话新村/114

　　　农民感谢合作医疗/117

一、中央决策

- 2005年10月11日,在北京召开的党的十六届五中全会上,提出了建设社会主义新农村任务。

- 2006年2月21日,新华社受权播发《中共中央 国务院关于推进社会主义新农村建设的若干意见》。

- 2007年1月29日,《中共中央 国务院关于积极发展现代农业扎实推进社会主义新农村建设的若干意见》公布。

中央提出建设新农村

2005年10月11日，在北京召开的党的十六届五中全会上，提出了建设社会主义新农村的任务：

建设社会主义新农村是我国现代化进程中的重大历史任务，要按照生产发展、生活宽裕、乡风文明、村容整洁、管理民主的要求，扎实稳步地加以推进。

2005年12月29日，一年一度的中央农村工作会议在北京召开。

党中央、国务院高度重视这次中央农村工作会议。中央政治局常委、国务院总理温家宝出席会议并作重要讲话。中央政治局委员、国务院副总理回良玉主持会议并作了报告。

会议总结了2005年农业和农村工作，研究了"十一五"期间推进社会主义新农村建设，全面部署了2006年农业和农村工作。

会议讨论了《中共中央 国务院关于推进社会主义新农村建设的若干意见（讨论稿）》。这个文件修改后，将作为2006年中央一号文件下发，它将是全面推进社会主义新农村建设的一个纲领性文件。

会议强调：

中国的国情决定了农业和农村的发展事关全局，只有真正把解决好"三农"问题作为全党工作的重中之重，才能把握住经济社会发展的主动权。

按照党的十六届五中全会精神，必须站在全局的高度，使建设社会主义新农村成为全党全社会的共同认识和共同行动。

建设社会主义新农村，必须按照"生产发展、生活宽裕、乡风文明、村容整洁、管理民主"的要求，全面推进农村的经济、政治、文化、社会和党的建设。

建设社会主义新农村是一项长期的任务，必须因地制宜，从实际出发，尊重农民意愿，着力解决农民生产、生活中最迫切的实际问题，使新农村建设带给农民实惠、受到农民拥护，扎实稳步地向前推进。

会议认为：

目前我国农业和农村的发展还处在艰难的爬坡阶段，农业、农村仍然是我国经济社会发展中最薄弱的环节。

要根据当前农业和农村工作的实际,重点抓好六个方面的工作:

要把国家建设资金的投入更多地转向农村,切实加强农村基础设施建设。

要围绕巩固农村税费改革成果,推进农村综合改革,要稳步发展粮食生产,保障国家粮食安全。

要坚持农村土地基本经营制度和严格控制建设占地,确保农业发展和农村稳定。

要引导农民有序进城务工,公平对待农民工及发展县域经济、促进农村劳动力就近转移。

要增加对农村教育、卫生等社会事业投入,从多方面加强农村公共服务。

……

就在这次中央农村工作会议闭幕当天,十届全国人大常委会第十九次会议废止了《中华人民共和国农业税条例》。

从2006年1月1日起,中国农民彻底告别了缴纳农业税的历史,这是中国农村面貌即将迎来新一轮巨变的标志性事件。

在2005年12月26日召开的全国农村义务教育经费保障机制改革工作会议,已经在这方面迈出了重要一步。

在会上，国务院明确表示：未来政府将把农村义务教育纳入公共财政保障范围，率先在全国农村实现免费义务教育。

这一系列具有重大意义的举动表明，十六届五中全会提出的建设社会主义新农村的重大历史任务已经全面开启。

中央公布一号文件

2006年2月21日,新华社受权播发《中共中央 国务院关于推进社会主义新农村建设的若干意见》。

文件指出:

"十一五"时期(2006—2010),是社会主义新农村建设打下坚实基础的关键时期,是推进现代农业建设迈出重大步伐的关键时期,是构建新型工农城乡关系取得突破进展的关键时期,也是农村全面建设小康加速推进的关键时期。

文件全文共分八部分:统筹城乡经济社会发展,扎实推进社会主义新农村建设;推进现代农业建设,强化社会主义新农村建设的产业支撑;促进农民持续增收,夯实社会主义新农村建设的经济基础;加强农村基础设施建设,改善社会主义新农村建设的物质条件;加快发展农村社会事业,培养推进社会主义新农村建设的新型农民;全面深化农村改革,健全社会主义新农村建设的体制保障;加强农村民主政治建设,完善建设社会主义新农村的乡村治理机制;切实加强领导,动员全党全社会关心、支持和参与社会主义新农村建设。

文件强调：

> 建设社会主义新农村是中国现代化进程中的重大历史任务。农村人口多是中国的国情，只有发展好农村经济，建设好农民的家园，让农民过上宽裕的生活，才能保障全体人民共享经济社会发展成果，才能不断扩大内需和促进国民经济持续发展。
>
> 推进新农村建设要注重实效，不搞形式主义；要量力而行，不盲目攀比；要民主商议，不强迫命令；要突出特色，不强求一律；要引导扶持，不包办代替。

这份2006年的中央一号文件显示，党的十六届五中全会提出的建设社会主义新农村的重大历史任务，在2006年将迈出有力的一步。

2006年的中央一号文件从推进新农村建设入手，强化对"三农"领域的全方位支持，更是以人为本地从乡风村容、社会文化事业，以及民主管理等方面"多管齐下"，全面求解。

2006年的中央一号文件，是建设社会主义新农村的一个重要行动纲领。

关于社会主义新农村的"新"处，对照新农村建设

"生产发展、生活宽裕、乡风文明、村容整洁、管理民主"的20字要求,一号文件有许多新思路和新举措:

在"生产发展"方面,要求推进现代农业建设,强化社会主义新农村建设的产业支撑,大力提高农业科技创新和转化能力;加强农村现代流通体系建设;稳定发展粮食生产;积极推进农业结构调整;发展农业产业化经营;加快发展循环农业。

在"生活宽裕"方面,要求促进农民持续增收,夯实社会主义新农村建设的经济基础,拓宽农民增收渠道;保障务工农民的合法权益;稳定、完善、强化对农业和农民的直接补贴政策;加强扶贫开发工作。

在"乡风文明"方面,要求加快发展农村义务教育,大规模开展农村劳动力技能培训;繁荣农村文化事业,加强县文化馆、图书馆和乡镇文化站、村文化室等公共文化设施建设;推动实施农民体育健身工程;扶持农村业余文化队伍,鼓励农民兴办文化产业,开展和谐家庭、和谐村组、和谐村镇创建活动。

在"村容整洁"方面,要求加快农村能源建设步伐,在适宜地区积极推广沼气、秸秆气化、小水电、太阳能、风力发电等清洁能源技术;以沼气池建设带动农村改圈、改厕、改厨;加强村庄规划和人居环境治理;引导和帮助农民切实解决住宅与畜禽圈舍混杂问题,搞好农村污水、垃圾治理,改善农村环境卫生。

在"管理民主"方面,要求以建设社会主义新农村为主题,在全国农村深入开展保持共产党员先进性教育活动,加强农村基层组织的阵地建设;健全村党组织领导的充满活力的村民自治机制,进一步完善村务公开和民主议事制度,完善村民"一事一议"制度,健全农民自主筹资筹劳的机制和办法。

一号文件还指出,要坚持"多予少取放活"的方针,重点在"多予"上下功夫。2006年的国家财政支农资金增量要高于上年,国债和预算内资金用于农村建设的比重要高于上年,其中直接用于改善农村生产生活条件的资金要高于上年,并逐步形成新农村建设稳定的资金来源。

建设社会主义新农村是党中央、国务院统揽全局、着眼长远、与时俱进作出的重大决策,是一项不但惠及亿万农民,而且关系国家长治久安的战略举措。

在2006年一号文件的指引下,我国将加大"三农"工作力度,稳步推进社会主义新农村建设。

国务院举行新闻发布会

2006年2月24日上午,国务院新闻办举行新闻发布会,邀请中央财经领导小组办公室副主任陈锡文介绍推进社会主义新农村建设等有关方面情况。

陈锡文说,新农村建设的目标和任务是全面、系统、完整的,不能片面地理解为是单纯的新村庄建设,概括起来是"五个五":

一是五中全会提出的五句话:生产发展,生活宽裕,乡风文明,村容整洁,管理民主。

二是2006年中共中央一号文件提出的"协调推进经济、政治、文化、社会和党的建设"。

三是五个坚持:坚持以发展农村经济为中心;坚持宪法规定的农村基本经营体制不动摇;坚持以人为本,着力解决农民群众生产生活中最迫切的实际问题;坚持科学规划,因地制宜、分类指导;坚持调动各方面积极性,依靠农民群众的辛勤劳动、国家扶持和社会力量广泛参与。

四是"五要五不要":要讲究实效,不搞形式主义;要量力而行,不盲目攀比;要民主协商,不强迫命令;要突出特色,不强求一律;要引导扶持,不包办代替。

五是五大目标,即农村生产力发展,农民生活水平提高,农村基础设施改善,农村社会事业发展,基层民主政治建设继续推进。

新农村建设的内容是"生产发展、生活宽裕、乡风文明、村容整洁、管理民主"。它既包含了农村经济的发展,又包含了农民收入、生活质量的提高;既包含了农村整体面貌、环境的变化,又包含了农民素质的提升,还包含了农村基层民主建设等,是一个全面而完整的系统工程。

生产发展,是新农村建设的中心环节,是实现其他目标的物质基础。建设社会主义新农村好比修建一幢大厦,经济就是这幢大厦的基础。如果基础不牢固,大厦就无从建起。如果经济不发展,再美好的蓝图也无法变成现实。

生活宽裕,是新农村建设的目的,也是衡量新农村建设工作的基本尺度。只有农民收入上去了,衣食住行改善了,生活水平提高了,新农村建设才能取得实实在在的成果。

乡风文明,是农民素质的反映,体现农村精神文明建设的要求。只有农民群众的思想、文化、道德水平不断提高,崇尚文明、崇尚科学,形成家庭和睦、民风淳朴、互助合作、稳定和谐的良好社会氛围,教育、文化、卫生、体育事业蓬勃发展,新农村建设才是全面的、完整的。

村容整洁,是展现农村新貌的窗口,是实现人与环境和谐发展的必然要求。社会主义新农村呈现在人们眼前的，应该是脏乱差状况从根本上得到治理、人居环境明显改善、农民安居乐业的景象。这是新农村建设最直观的体现。

管理民主，是新农村建设的政治保证，显示了对农民群众政治权利的尊重和维护。只有进一步扩大农村基层民主，完善村民自治制度，真正让农民群众当家做主，才能调动农民群众的积极性，真正建设好社会主义新农村。

2006年的中央一号文件，强化了对"三农"领域的全方位支持。

中央举办专题研讨班

2006年2月14日上午,党中央举办的省部级主要领导干部建设社会主义新农村专题研讨班,在中央党校开班。

参加研讨班的,都是各省、自治区、直辖市的书记、省(市)长,中央和国家机关各部门以及军队各单位的主要负责人,一共200多人。

研讨班的主题是"建设社会主义新农村",一共历时7天。

胡锦涛总书记主持开班式,温家宝总理主持结业,这种规格下,其重要性不言而喻。

在省部级领导干部建设社会主义新农村专题研讨班开班式上,胡锦涛作了重要讲话。他指出:

> 建设社会主义新农村,是我们党在深刻分析当前国际国内形势、全面把握我国经济社会发展阶段性特征的基础上,从党和国家事业发展的全局出发确定的一项重大历史任务。全党同志和全国上下要团结一心、扎实工作,真正使建设社会主义新农村成为惠及广大农民群众的民心工程,不断取得扎扎实实的成效。

2006年2月20日上午,党中央举办的省部级主要领导干部建设社会主义新农村专题研讨班,在中央党校结业。

中央政治局常委、国务院总理温家宝,在结业式上做了重要讲话。他强调:

> 要以邓小平理论和"三个代表"重要思想为指导,按照科学发展观的要求和城乡统筹的思路,把广大农民群众的根本利益作为出发点和落脚点,全面推进社会主义新农村建设,经过长期坚持不懈的努力,使农村面貌有一个大的变化。

2006年5月29日,根据中央部署,从2006年4月至2007年1月,全国5300多名县(市、区、旗)委书记、县(市、区、旗)长,新疆生产建设兵团的团(场)政委、团(场)长,分批走进中央党校、国家行政学院、中国浦东干部学院、中国井冈山干部学院、中国延安干部学院五大干部学院,参加为期7天的"建设社会主义新农村"专题培训。

《人民日报》报道说,对全国的县委书记、县长集中进行专题培训,是改革开放以来的第一次。

国家行政学院教授刘旭涛说,建设社会主义新农村,是中国"十一五"规划的重要任务。在印发《干部教育培训工作条例（试行）》后不久，对全国5300多名县委书记、县长分批进行专题培训，是推进社会主义新农村建设的重大举措，也是加强人才培养工程的新举措。

刘旭涛认为，完成好这项任务，需要扎实地走好三步棋：

第一步，着力解决基层主要领导的认识问题。

建设新农村的口号提出来了，但对其重要性以及内涵、目标和基本要求的认识，当时并没有完全到位。有人认为新农村建设就是把农村变成城市，还有人认为新农村建设就是解决农村的剩余劳动力问题，甚至有人认为新农村建设就是"厕所贴瓷砖、门前建喷泉、住所变洋房"。这里首先有一个统一认识的问题。从身处广大农村一线的各县市党政"一把手"入手解决认识问题，无疑抓住了关键环节。

第二步，系统安排切实有效的培训内容。

人才培训是一项系统工程，涉及经济、文化、社会、政治、法律、管理等方方面面的知识和技能，短短7天，要想学员学有所获，就须事先进行需求调研，针对不同对象，设计不同课程。

第三步，努力探索符合农村干部要求的培训模式。

应当面向基层实际，改革创新培训模式，更多地引入专题讨论、案例分析、实地考察、经验交流等形式，更多地从各地的经验中充实培训素材，增强培训的针对性和实效性。

2006年提出的"新农村建设",成为政策热点和社会热点。当时有专家说,最近两年还将处于摸索、发动的阶段,不过,曙光已经在前面。

在推进社会主义新农村建设的时代浪潮中,各地区、各部门,尤其是基础产业和公共服务部门,更多地开始关注和支持农村,工作重心逐步转向农村,一系列政策也相继出台。

财政部提出,在"十一五"期间将较大幅度增加农业综合开发投入,着力加强农业基础设施建设,改善农业生产基本条件。

交通部提出,在"十一五"期间将新改建农村公路120万公里,基本实现全国所有具备条件的乡镇、建制村通公路。

水利部提出,将优先解决1亿农村群众饮水不安全的问题,加快大型灌区节水改造和配套建设,实施中部地区低洼地排涝工程。

农业部启动了社会主义新农村建设示范行动、粮食综合生产能力增强行动等"九大行动",全面提高农业现代化水平,夯实新农村建设的产业基础。

全国各地也在积极行动:

浙江积极酝酿准备出台一批新的政策措施,内容涉及农村综合改革和户籍、劳动就业、土地管理、金融改革等诸多方面。

山西将扩大扶贫资金直补范围,帮助山区农村20万贫困人口实现脱贫。

河北每年将新建沼气池30万户以上,实现"十一五"期间新发展用沼气农户150万户以上,沼气普及率达到20%。

河南当年继续加大力度对种粮农民实行直接补贴政策,种粮直补资金总额将比去年增长2.7亿元,平均每亩15.34元……

社会主义新农村将迎来一个崭新的发展机遇,9亿农民的日子也会越过越宽裕。

提出建设现代农业

2006年12月22日至23日,一年一度的中央农村工作会议在北京召开。

继中央经济工作会议提出把发展现代农业作为推进新农村建设的着力点后,这次中央农村工作会议进一步强调,推进新农村建设的首要任务是"建设现代农业"。

在会上,来自全国各地分管农业和农村工作的负责人,讨论了《中共中央 国务院关于积极发展现代农业扎实推进社会主义新农村建设的若干意见(讨论稿)》。

党中央政治局委员、国务院副总理回良玉出席会议并讲话。

经过讨论,会议一致认为,推进新农村建设,"首要任务是建设现代农业"。会议确定了总的思路和目标是:用现代物质条件装备农业,用现代科学技术改造农业,用现代产业体系提升农业,用现代经营形式推进农业,用现代发展理念引领农业,用培养新型农民发展农业,提高农业水利化、机械化和信息化水平,提高土地产出率、资源利用率和劳动生产率,提高农业素质、效益和竞争力。

会议提出,当前和今后一个时期,建设现代农业将重点抓好六方面工作:切实加大对现代农业建设的投入力度；高度重视并切实抓好粮食生产；加快构筑现代农业的产业体系；着力提高现代农业的设施装备水平；不断强化现代农业的科技和人才支撑；大力加强现代农业的市场体系建设。

2006年作为推进新农村建设的开局之年，在自然灾害频发、上年基数较高、政策效应趋稳、贸易竞争加剧的情况下，农业发展比预想的要好，粮食产量比预料的要多，农民收入比预期的要高，实现了新农村建设的良好开局。农业农村呈现持续发展的良好态势。

但是，当前农业农村发展仍然处于艰难的爬坡阶段，解决好"三农"问题仍然是长期而艰巨的任务。

在关于2007年农业农村工作的总体要求中，会议提出要巩固、完善、加强支农惠农政策，切实加大农业投入，积极推进现代农业建设，强化农村公共服务，深化农村综合改革，促进粮食稳定发展、农民持续增收、农村更加和谐，确保新农村建设取得新进展。

会议要求中国各地方政府从当地实际出发，从最有利于农民、最需要解决、最有条件解决的问题着手，在具体实施过程中，防止搞单一模式，防止脱离实际、急于求成。

会议还要求，第二年各地方政府在积极发展现代农业的同时，要继续增加财政对农业和农村的投入，加快发展农村社会事业。

2007年1月29日，《中共中央 国务院关于积极发展现代农业扎实推进社会主义新农村建设的若干意见》公布，将"发展现代农业"定为社会主义新农村建设的首要任务。

任务有如下几个方面内容：

一、加大对"三农"的投入力度，建立促进现代农业建设的投入保障机制。

二、加快农业基础建设，提高现代农业的设施装备水平。

三、推进农业科技创新，强化建设现代农业的科技支撑。

四、开发农业多种功能，健全发展现代农业的产业体系。

五、健全农村市场体系，发展适应现代农业要求的物流产业。

六、培养新型农民，造就建设现代农业的人才队伍。

七、深化农村综合改革，创新推动现代农业发展的体制机制。

八、加强党对农村工作的领导，确保现代农业建设取得实效。

在2007年一号文件指引下，粮食生产实现连续4年增产，2007年全国粮食总产量达50 150万吨，21世纪以来首次突破5亿吨大关。农民人均纯收入2007年突破4140元，已是第四年增幅超过6%。

在2007年一号文件指引下，我国农村义务教育已全面纳入财政保障范围，对全国农村义务教育阶段学生全部免除学杂费、全部免费提供教科书，对家庭经济困难的寄宿生提供生活补助，使1.5亿学生和780万名家庭经济困难寄宿生受益。新型农村合作医疗制度不断完善，已扩大到全国86%的县，参加的农民达到7.3亿人。

推出农村合作医疗

国务院公布的 2006 年中央一号文件,即《中共中央 国务院关于推进社会主义新农村建设的若干意见》中说:

国家将积极推进新型农村合作医疗制度试点工作,从 2006 年起,中央和地方财政将大幅度提高补助标准,到 2008 年在全国农村基本普及新型农村合作医疗制度。

文件要求各级政府不断增加投入,加强以乡镇卫生院为重点的农村卫生基础设施建设,健全农村三级医疗卫生服务和医疗救助体系。有条件的地方可对乡村医生实行补助制度。

文件提出,要建立与农民收入水平相适应的农村药品供应和监管体系,规范农村医疗服务,加大农村地方病、传染病和人畜共患疾病的防治力度。增加农村卫生人才培养的经费预算,组织城镇医疗机构和人员对口支持农村,鼓励各种社会力量参与发展农村卫生事业。

文件还强调,要逐步建立农村社会保障制度。按照城乡统筹发展的要求,逐步加大公共财政对农村社会保障制度建设的投入；探索建立与农村经济发展水平相适应、与其他保障措施相配套的农村社会养老保险制度；积极扩大对农村部分计划生育家庭实行奖励扶助试点和西部地区计划生育"少生快富"扶贫工程实施范围。有条件的地方，要积极探索建立农村最低生活保障制度。

据介绍，2005年湖北省部分看病、住院的农民共获得了合作医疗基金补助1.14亿多元。2006年，湖北省继续扩大试点，农民踊跃参加，有些乡镇的参加合作医疗率接近100%。到2006年3月，全省已有1435万农民参加了新型农村合作医疗，省级财政1.3亿元补助资金已经列入预算。试点地区农民医疗保障水平有了明显提高。

在试点过程中，湖北省财政部门在征收体制、财政补助资金的落实、基金管理、控制不合理支出、财务会计制度和财政监管等方面积累了不少经验，并力争形成2至3种比较成熟的模式，为今后新型农村合作医疗制度的深入发展提供借鉴。

加强农业基础建设

2007年12月22日至23日,全国农业工作会议在北京召开。会议总结了2007年农业农村经济工作,部署了2008年工作。

2007年,是我国农业农村经济发展取得重大成绩的一年,各项工作取得新进展新突破,为国民经济平稳快速发展提供了强有力的支撑。

我国粮食生产继续稳定发展,总产超过5000亿公斤,成为国民经济发展中的一大亮点;农业各行业平稳协调发展,主要农产品供应充足;重大动植物疫病防控取得积极成效,农产品质量安全水平稳步提高;农民收入保持较快增长,农民生产生活条件进一步改善。

2008年1月30日,《中共中央 国务院关于切实加强农业基础建设进一步促进农业发展农民增收的若干意见》公布,提出要走中国特色农业现代化道路,建立以工促农、以城带乡长效机制,形成城乡经济社会发展一体化新格局。

2008年中央一号文件,全面贯彻党的"十七大"精神,高举中国特色社会主义伟大旗帜,以邓小平理论和"三个代表"重要思想为指导,深入贯彻、落实科学发展观,按照形成城乡经济社会发展一体化新格局的要求,突出加强农业基础建设，积极促进农业稳定发展、农民持续增收，努力保障主要农产品基本供给，切实解决农村民生问题，扎实推进社会主义新农村建设。

2008年中央一号文件提出，要突出抓好农业基础设施建设的六项任务：

> 一是抓好小型农田水利建设；二是大力发展节水灌溉；三是抓紧实施病险水库除险加固；四是加强耕地保护和土壤改良；五是加快推进农业机械化；六是继续加强生态建设。

在2008年中央一号文件指引下，我国2008年农村工作将大力加强农业基础建设，促进农业发展和农民增收。

为此，要突出抓好三件事：一是大力发展粮食生产，保障农产品供给；二是加强农业基础设施建设；三是拓宽农民增收渠道。

2008年中央一号文件还提出了主要措施：

一要大力增加投入。2008年中央财政安排"三农"支出5625亿元，比上年增加1307亿元。

二要强化和完善农业支持政策，增加粮食直补、农资综合直补，扩大良种补贴规模和范围，增加农机具购置补贴种类，提高补贴标准，从2008年起农机具购置补贴覆盖到所有农业县。

三要坚持最严格的耕地保护制度，特别是加强基本

农田保护。

四要完善农业科技推广和服务体系。

五要全面推进农村改革，用 3 年左右时间基本化解农村义务教育历史债务。

2008 年中央一号文件的实施，加快了构建强化农业基础的长效机制，促进了确立城乡一体化发展的体制机制，全面加强了农民工权益的保障。

提出农业增收意见

2009年2月1日,新华社受权全文播发《中共中央国务院关于2009年促进农业稳定发展农民持续增收的若干意见》(以下简称《意见》)。

《意见》要求:

> 必须切实增强危机意识,充分估计困难,紧紧抓住机遇,果断采取措施,坚决防止粮食生产滑坡,坚决防止农民收入徘徊,确保农业稳定发展,确保农村社会安定。

《意见》包括加大对农业的支持保护力度;稳定发展农业生产;强化现代农业物质支撑和服务体系;稳定完善农村基本经营制度;推进城乡经济社会发展一体化。

《意见》指出:

> 2009年农业农村工作的总体要求是:全面贯彻党的十七大、十七届三中全会和中央经济工作会议精神,高举中国特色社会主义伟大旗帜,以邓小平理论和"三个代表"重要思想为指导,深入贯彻落实科学发展观,把保持农业

农村经济平稳较快发展作为首要任务。

围绕稳粮、增收、强基础、重民生，进一步强化惠农政策，增强科技支撑，加大投入力度，优化产业结构，推进改革创新，千方百计保证国家粮食安全和主要农产品有效供给，千方百计促进农民收入持续增长，为经济社会又好又快发展继续提供有力保障。

....

《意见》强调了在农业连续增产的高基数上，2009年保持粮食稳定发展的任务更加繁重，因此必须加大力度扶持粮食生产，稳定粮食播种面积，优化品种结构，提高单产水平，不断增强综合生产能力；要支持优势产区集中发展油料等经济作物生产，加快发展畜牧水产规模化、标准化健康养殖，严格农产品质量安全全程监控，加强农产品进出口调控。

2009年的中央一号文件第六次锁定"三农"，一共提出了28点措施促进农业稳定发展与农民持续增收，其中包括进一步增加农业农村投入、较大幅度增加农业补贴、保持农产品价格合理水平、增强农村金融服务能力等。

二、贯彻实施

- 每到植树造林的季节,县领导们都脚穿农田鞋,和干部群众一起上山挖坑栽树,一干就是十天半月。

- 赤水市大同镇大同村,一幢幢白墙灰瓦的农舍掩映在翠竹丛中。

- 一座座青山,一条条绿水,一处处大果园,一幢幢小洋楼,点缀着广西恭城瑶族自治县的广大农村。

延寿打造生态农业县

2004年4月7日,黑龙江省哈尔滨市唯一一个国家级贫困县——延寿县,正在进行脱贫的最后冲刺阶段。

原来,延寿县因为一味强调粮食生产,毁林开荒,严重破坏了森林植被,全县水土流失严重,区域性气候失衡。

面对严酷的生态环境,新一届县委领导认为:将一个因为急功近利破坏了的农业生态环境交给农民,即使这一代摘掉了贫困帽子,下一代还得戴上,因此,绝不能只图眼前利益,做一任"庸官"。

县政府为此出台了《关于加强生态建设与环境保护的若干规定》,把生态建设年度任务指标分解到各部门、各乡镇,落实到各单位的主要负责人,逐级签订责任状,严格兑现奖惩,实行生态建设一票否决权。

从此,每到植树造林的季节,县领导们都脚穿农田鞋,和干部群众一起上山挖坑栽树,一干就是十天半月。

几年来,延寿县向生态农业建设累计投入资金8亿多元,向上级争取资金4亿多元,群众自筹资金3亿多元。全县封山育林、退耕还林、植树造林近160万亩,治理水土流失面积26万亩,小流域治理面积达到60万亩。

同时，建设农业综合开发小区 16 处，绿色食品基地面积发展到 50 万亩，占耕地面积的 42%。开展这项工作，每年使县财政和乡村减收 1000 多万元，相当于县财政每年少收入五分之一，对此，他们却觉得这钱花得很值。

通过治山治川，延寿县各乡镇涌现出一批生态户、生态村和生态小区。

青川乡农民王春天兄弟三人，合股承包荒山 3800 亩，先后投资 50 多万元，植树 200 多万株，固定资产累计达到 500 多万元，被全国妇联和林业部评为"三八绿色优质工程"。

六团镇延吉村通过 10 年的不懈治理，已从一个贫困落后的小山村变成了林茂粮丰、生活富裕的生态示范村和省级文明村。

到 2004 年，全县已建成 16 个农业综合开发生态小区，区内农业总产值已达两亿四千多万元，农民人均纯收入由立项前的不足 1000 元，提高到 2000 多元。全县绿色、特色经济作物基地面积发展到 74.6 万亩，接近耕地总面积的三分之二。

经过县委、县政府带领全县人民每年投入巨额资金治山治水，终于建成了全国生态农业示范县。他们相信，子孙后代再也不会过穷日子了。

蒋巷村开发农业旅游产业

2005年，位于常熟、昆山和太仓三市交界处的蒋巷村，被确定为全国农业旅游示范点。

"农业起家，工业发家，旅游持家，村里的旅游马上就要看到效益了。"蒋巷村旅游公司负责人说。

"生态种养园、村民新家园、蒋巷工业园、农民蔬菜园和无公害粮油生产基地"是蒋巷村的基本格局。

蒋巷村为了发展经济，用农业原始积累发展壮大了村里的工业。蒋巷村的工业主体是江苏常盛集团。在2005年，集团的产值超过10亿元。

这时，蒋巷村意识到，仅靠单一的农业很难建设社会主义新农村，但星罗棋布、村村点火的工业同样不利于新农村建设。

近十年来，常盛集团已反哺1亿元用于蒋巷村建设。蒋巷村党委书记，即常盛集团的董事长介绍说，考虑到村里的工业用地紧张，前几年在邻村购买了500亩土地，设立了蒋巷工业园。如今，江苏常盛集团下属的4家股份制公司已经全部迁至工业园。

要想让农民安居乐业，就必须为他们建设好一个家园。

蒋巷村请规划院精心设计的蒋巷别墅区，两批共建了 186 栋，每栋上下共 200 平方米，区内绿化面积超过 50%，区内还有幼儿园、小学、剧场、商贸街、医疗、活动中心和休闲健身广场等配套设施，被评为"省级文明住宅小区"。

到 2006 年，全村 186 户村民全部搬进了电话、宽带、太阳能热水器等配套设施一应俱全的新村别墅。

据了解，第一批别墅平均每栋造价 20 多万元，第二批别墅平均每栋造价达 30 多万元，但给农户的价格统一为 12.8 万元，其余的资金全部由村里补贴。

"我们还能拿到 2 万元的旧房拆迁补偿，所以差不多花 10 万元就能买到别墅了。"蒋巷村旅游公司的员工邹雪年说。

蒋巷村鼓励老年人与子女同住别墅新区，并每年给予奖励；但考虑到老年人住别墅的诸多不便，又在别墅区前面专门建造了 100 套老年公寓，供村里的老人免费入住。宽敞的走廊加上星级宾馆式的室内配置，给为蒋巷村发展建设奋斗了一辈子的老年人提供了安居的环境，让老年人享受到了发展的成果。

经济发展了，工业壮大了，但蒋巷村没有忘记自己是农村，通过工业反哺农业，蒋巷村不断加大对农业的投入。

村里规划竹园 300 亩、果园 200 亩、蔬菜 50 亩，生产黄瓜等几十个品种的蔬菜和水果，改造水塘建成 60 亩高标准鱼塘。现在，村里的蔬菜和畜禽养殖可满足村办企业1000多人常年荤素食品的供应。

通过拆除旧村巷、复垦复耕、配套建设沟渠等现代化水利设施，蒋巷村连片建成了近千亩优质生态粮食生产基地，分别由16名村民承包。

49岁的村民王荣芬承包了40亩，只是个小承包户，一年的收入也在2万元左右。她的丈夫则在常盛集团上班，另有一份不菲的收入。

"1000亩农田，每年稻麦两季共产粮食90万公斤，村民消耗20万公斤，所以每年至少还能外供50万公斤粮食。"常德胜说。

近几年来，蒋巷村通过整合农业资源，全面发展林果蔬菜、花卉种植等，建成了近600亩生态园，并开发了具有江南农村特色的"当一天农民，过一天农村生活"的农家乐项目。

村民搬进新村后，村里及时调整土地，建设了村民蔬菜园，以人口等量划定。67岁的村民郑步友说："老太婆在生态园养养鸽子，我是村里的门卫。我去年个人收入7000多元，老太婆跟我差不多，老两口已经够用了。"

据了解，在企业上班的村民人均年收入在2万元以上，种粮户和养殖户人均年收入1.8万元，从事道路清洁的100多位中老年人，年均收入也在1万元左右。即使什么事也不做，村里的老人每年还有2400元至5000元的养老金。

蒋巷村坚持宜工则工、宜农则农、宜商则商、宜副则副的劳动就业原则，使村民实现了充分就业。

江苏省常熟市蒋巷村经过40年努力，用农业的原始积累发展工业，用工业的利润反哺农业，把一个"小雨白茫茫，大雨成汪洋"的偏僻闭塞的苦地方，建设成为远近闻名的富裕村、文明村，被江苏省研究农村发展的专家誉为"看得懂学得会"的社会主义新农村。

海南联创文明生态村

2005年，海南省建成第一个文明生态村片区"海口演丰镇片区"。海口演丰镇片区东边临海，涵盖东港寨红树林景点及周边92个自然村庄。

经过连片创建，形成村中有景、景中有村的独特景观，为海南旅游增添了新鲜内容。

2006年，在五一黄金周，演丰镇片区接待海内外游客4万多人，被联合工业发展组织确定为全国唯一一家以发展绿色旅游产业为主导产业的示范区。

从2005年以来，海南各市县，在新一轮文明生态村创建活动中，把连片创建当成重点，先规划后实施。侨乡文昌、琼海率先启动了白鹭湖38村联创文明生态村片区、万泉河文明生态村长廊工程。

万泉河文明生态村长廊工程，被称为海南省文明生态村建设史上至今为止最大的片区、最动人的手笔、最新的创举。

这个长廊沿琼海境内万泉河两岸30公里长、10公里宽，面积300平方公里，包括200个自然村庄，建成后形成25个文明生态村片区、7个特色文化景点，发展热带作物、旅游、畜牧等产业，呈现万泉河两岸美丽的田园风光特色、立体生态经济特色、带状公园特色。

除政府投入资金外，社会各界和沿岸百姓表现出极大热情，琼海市企业家协会捐款110万元人民币，当地一名姓王的老板捐款80万元。

一些回家乡投资办企业的海外乡亲，也加入了捐款行列。海外乡亲、香港同胞、世界琼海华侨联谊会会长王春海，副会长莫海涛分别捐款10万元。

到2005年底，全省累计投入资金5.3亿元，建成文明生态村5.3万多个，占全省自然村总数的22.8%。

2006年2月，海南省委、省政府又提出，要把文明生态村作为社会主义新农村的综合创建载体，力争"十一五"期间文明生态村达到全省自然村的一半以上。

文明生态村大大改变了农村脏乱差的面貌。文明生态村建设一开始就坚持从海南农村的实际出发，选择了群众迫切需要解决的脏乱差问题作为突破口。

突击清除历史遗留的陈年垃圾，建垃圾箱、沼气池，硬化道路，植树种草，这一系列措施改变了往日农村脏乱差的状况。

在海口市演丰镇、文昌市美柳村、琼海市文屯村等文明生态村可以看到，这些村庄农民的人居环境都有了很大的改善，村道通畅、绿树环绕、环境整洁、清风扑面，许多文明生态村已经成为农家乐的旅游景点。

据不完全统计，自创建文明生态村以来，先后有来自美国、日本、泰国、新加坡等国家以及国内北京、黑龙江、广东、广西等省区市的900多个参观旅游团队、6

万多名游客参观了文明生态村。

文明生态村建设的核心是发展生态循环经济，增加农民收入。全省各市县、各乡村结合实际，把创建活动与调整种养结构、发展庭院经济、促进农村富余劳动力转移等紧密结合起来，创造出很多发展经济、增收致富的新招术、新门道。

特别是充分利用海南光热条件优越，沼气产气率高的优势，推广建设了16万多个新型猪圈、厕所、燃气灶"三联通"沼气池，既净化了环境，节约了能源，保护了植被，又有力带动了畜牧业，产出了大量的有机肥，促进了无公害农业的发展。

在文明生态村，正在形成一条适应海南特点、有利于人与自然和谐发展、符合资源节约型和环境友好型社会要求的农村循环经济发展的新路子。

许多农民利用房前屋后空地大种椰子、胡椒、荔枝、龙眼、芒果等热带经济作物，形成了各具特色的文明生态村创建模式。

这些文明生态村模式有临高县松梅村"沼气＋养猪＋经济作物"的小庭院大产业模式、琼海市边沟村"文明生态村＋科技村"模式、白沙黎族自治县发展橡胶、藤竹、南药、茶叶等山区特色经济的"文明生态村＋专业村"模式等。

文明生态村建设，在潜移默化中，改变了一些农民不卫生、不文明的生活习惯，增强了农民的自豪感和自信心。

特别是在创建活动中，海南各部门、各市县整合力量，组织理论下乡、科技下乡、文艺下乡、卫生下乡，加强了对广大农民的教育培训；积极建设农村宣传文化设施，开展群众性文化体育娱乐活动；大力开展移风易俗教育、普法教育，开展"告别陋习，珍爱家园，保护家园""无毒村""计划生育先进村""五好家庭""美在农家"等创建活动，改变了农民的一些落后习俗，提高了他们的科学文化素质。

在广大农民群众中，遵纪守法的、讲求科学的、追求文明健康生活方式的越来越多了，吸毒的、赌博的、打架斗殴的以及搞封建迷信的越来越少了。在文明生态村中，安居乐业、安定祥和的氛围越来越浓了。

在文明生态村创建活动中，各级干部特别是广大农村基层干部深入农村，耐心细致地做好宣传动员和思想政治工作，帮助群众转变观念；积极投身各项创建工作，带头捐款捐物，想方设法筹集资金，走家串户，组织农民共同建设自己的家园。

农村基层干部千方百计为农民寻找致富门路，推广实用技术，解决生产生活中的实际困难，时时处处用自己的实际行动彰显共产党员的先进性。

广大农民群众也从创建文明生态村带来的新变化中，亲身感受到党员干部是真心实意为他们办实事、解难题的，增强了对党和政府、党员干部的信任。

通过文明生态村建设,党员干部受到了教育,增进了与群众的感情,增长了才干,提高了威信,党支部的战斗堡垒作用得到了充分发挥。

经过5年多的实践,海南省以"优化生态环境、发展生态经济、培育生态文化"为主要内容的文明生态村创建活动成效显著。

未来的海南省将会出现一个城市现代化、乡村田园化的新景象,到那时,美丽的海南岛将更有魅力。

高校服务新农村建设

2006年,各地政府和各高等学校,积极响应党中央建设社会主义新农村的伟大号召,通过推进农村职业教育与成人教育和农民培训、加强农村教师队伍建设、提高农村中小学信息化建设水平、实施各类人才工程等措施,充分发挥教育和科技优势,主动服务社会主义新农村建设。

各地积极推进农村职业教育与成人教育和农民培训。

北京市提出要整合教育资源,加强农村劳动力培训工作,并在平谷区开展统筹普通教育、职业教育、成人教育资源,大力推广实用技术,创建终身学习型社区学校试点工作。

浙江省实施"农民素质培训工程",其中于2003年实施的"百万农民培训工程"和"百万职工双证制培训工程",共培训农民和乡镇企业职工318.9万人;于2004年实施的"千万农村劳动力素质培训工程",已培训138万农村劳动力,逐步实现"一人就业、全家脱贫"的目的。嘉善县推出以农民群众为主体的"百姓课堂",为农民提供"你点题,我授课"的"菜单式"服务,组织讲座数十场。

四川省成都市实施"农民教育与培训工程",坚持每年安排700万元，资助5000名农村贫困家庭学生接受中等职业教育。2005年，成都市对农民开展各类职业技能培训10.7万人次，实用技术培训达100余万人次。

2006年，成都市将计划职业学校招收农村学生4万人，在非农产业或城镇就业3万人；此外，还坚持每年列支50万元专项资金，推进农村成人教育发展。

2006年，河南省安排农村劳动力培训720万人次，其中农村劳动力转移培训207万人次，并计划今后每年中等职业教育招收农村初中、高中毕业生要达到40万人以上，初中后一年职业培训达到55万人以上。

江苏省教育厅召开加强乡镇成人教育中心校建设、促进农民增收工作会议。2005年，1000余所乡镇成人教育中心校共培训农民170多万人次，其中转移输出的农村初高中毕业生31万人。

安徽省、辽宁省、广西壮族自治区加强县级职教中心建设，把它作为农村劳动力转移培训、技术培训与推广、扶贫开发和普及高中阶段教育的重要基地，构建城市学校支持农村学校、城乡贯通、区域连接的开放式职业教育网络。

各地也在大力加强农村教师队伍建设。

浙江省从2005年开始实施"农村教师素质提升工程"，旨在培养一批扎根农村的优秀教师，计划以3年为一个周期，投入1.9亿元，对17万名农村中小学教师开展以"新理念、新课程、新技术和师德教育"为内容的培训。

安徽省启动"省级农村骨干教师选拔培养计划",首批遴选600人,实行3年动态培养;同时,抓好城镇与农村学校"结对子"帮扶活动,开展城镇骨干教师讲师团送教下乡活动,并加大城镇学校中青年教师到农村学校支教服务力度。

黄山市屯溪区统筹教师资源,新增教师优先满足农村薄弱学校需求,实行区域内骨干教师巡回授课、紧缺专业教师流动教学、薄弱学校教师挂职进修、城区教师下乡支教、提高农村中小学教师在职称评定和表彰奖励中的比例、改善农村地区教师待遇等措施。

上海市制定了对郊区师资配置的倾斜优惠政策,举办郊区师资专场招聘会,160多所地处郊区的中小幼学校参加招聘,吸引了市内外高校约15000名应届毕业生前来应聘。

甘肃省定西市渭源县制订了以"校校结对帮扶"及"教师下乡帮教"为主要内容的"双帮"活动计划,每年从城镇及沿川中小学选送50名中青年骨干教师到农村偏远中小学帮教2年,农村偏远中小学定期选派教师到城镇中小学学习。

武威市组织城镇教师送教下乡,辐射全市100多个乡镇,农村1.6万余名教师得到培训。

陕西师范大学发挥远程教育优势,为西部农村培训中小学教师。截至2005年,累计培训约2万人,其中

60%来自西部地区。

各地均加大经费投入,努力提高农村中小学信息化建设水平。

湖北省投入1.7亿元实施农村中小学现代远程教育工程,装备建设了1.6万所农村中小学,实现"校校通",并通过"湖北教育网台"为广大农村中小学提供优质教育教学资源。

安徽省加快实施农村中小学现代远程教育工程,在2007年底用光盘播放、地面卫星接收和计算机教室3种模式,覆盖了全省农村中小学。

江苏省实施农村中小学"校校通"工程,由省直接帮扶建设经济薄弱县的4295所农村中小学,为每所中小学建设一个计算机网络教室和多媒体教室,共配备14万台电脑和其他辅助设备,培训近1万名从事信息技术课教学及网络管理的教师。

大连市建立了农村义务教育"地方政府负责、分级管理、以县为主"的管理新体制。市本级财政每年安排对涉农县区教育专项转移支付达1.5亿元。2001年至2006年,大连市共投入5.9亿元改造农村中小学危旧校舍575项,使近16万农村中小学生告别了危旧校舍。

大连市还实施农村中小学信息化建设工程,市、县两级财政投入8000多万元,为农村中小学购置1.2万余台计算机,为每一个农村乡镇建设了1个远程教室,初步建立起了覆盖全市的现代化远程教育系统。

辽宁省于 2001 年开始设立省级职教中心建设专项经费，并逐年递增，至今省、市、县三级财政用于职教中心建设的投入达 4 亿多元。

青岛市教育局把建设新农村、加快农村教育发展作为工作的"重中之重"，组织 5000 余名党员干部和教师捐助 41.8 万余元，用于支援农村教育。

各地积极实施各类人才工程，促进新农村建设。

黑龙江省于 2003 年启动了"村村大学生计划"，从 2004 年以来，首批从农村选拔培养的 2157 名"村村大学生"已经毕业，他们成为农村科技致富的带头人和专业技术人才。

同时，黑龙江省选派了 2343 名大学生志愿者到农村从事村务工作和教育教学工作，力争到 2007 年实现村村有大学生的目标。

安徽省实施"高校毕业生支援农村教育行动计划"，每年从普通高校遴选一批应届毕业生到农村乡镇学校任教，服务期为 3 年。

浙江省实施"一村一名大学生"计划，利用现代远程教育手段，以广播电视大学为载体，招收一批高中毕业或具有同等学力的农村青年，通过电视教学、网络教学等方式，为农村培养科技人才和管理人才。

浙江林学院配合省里实施的"扶千名人才，促千村发展"计划，承担培养农民大学生的任务，首批已录取 94 名农民大学生。

西南大学积极开展"顶岗实习"活动，以西部贫困地区农村中小学校为基地，几年来已累计派出近千名高年级师范专业学生任教，学校还每年免费培训农村中小学教师达2000余人。

各地高校充分发挥科技优势，主动服务新农村建设。

华中农业大学加大农业科技成果的转化和推广，仅11个新品种面向湖北及周边地区推广1.1亿亩，为农民带来的收入超过10亿元。

西南大学发挥科技优势，与重庆市石柱县共同推进科技扶贫新模式。

在石柱县设立办公室，每年安排30万至50万元专项经费作为农业科技综合示范基地科技创新基金，派出的科研人员已超过2000人次，举办各类农业技术培训班约30期，培训乡镇干部和技术骨干约2000人次。

浙江大学罗安程教授用"厌氧—人工湿地"的方法为浙江省安吉县年处理生活污水达70余万吨，处理费用几乎为零。

南京农业大学开展多种形式的送科技下乡活动，积极服务百万农民，10多年来行程几十万公里，遍及全省60多个县（市）、400多个乡村。

扬州大学通过建立"产学研"联合体，实施科技扶贫，参与地方农业科技园建设，发挥自身乳业优势，切实服务农民增收。

南京林业大学发挥林木遗传育种、木材加工利用等学科优势，不断开发研究高附加值产品，促进省内杨树产业带的形成。

中国农业大学、同济大学、华中农业大学、上海水产大学、浙江林业学院、中山大学等高校分别开展"服务百村行动"和"送科技下乡"服务活动，加强校地合作，推进产学研对接，进行科技咨询、培训、实地指导生产、宣传科技知识，使当地经济社会面貌发生了较大变化。

各地高校成立相关机构，加强对新农村建设的调查研究工作。

清华大学继续教育学院农业产业化教育项目培训中心直接服务于"三农"，2002年至今已开办各类培训班20余期，开设各类课程76门，培训服务于"三农"领域的企业家和政府官员近千名。

同时，这个中心积极参与扶贫教育活动，专门制作课件无偿捐献给学校扶贫办，免费为全国30多个远程教学点作远程直播服务。

华中科技大学中国乡村治理研究中心将"新乡村建设"作为首要工作，在湖北荆门和洪湖6个村进行了长达3年的新农村建设实验。

南京农业大学成立中国新农村建设研究院，将深入开展农业科技创新和新农村建设理论问题研究，及时总结成功经验和模式，为科学决策提供依据，并培养不同类型的高素质人才。

同济大学与嘉兴市就统筹城乡经济社会发展、推进现代农业建设、保障农民持续增收、发展农村公共事业等，合作开展"发达地区社会主义新农村建设研究与示范"项目研究工作。

　　江南大学发挥涉农学科优势，成立了全国首个农产品加工研究院。

　　该院成立后，将加快产、学、研紧密结合的步伐，建立一批科技创新基地、取得一批重大科技成果、培育一批龙头企业、培养一支具有较强创新能力的农产品加工科学家队伍，全面提升我国农产品加工业的技术水平和产品的国际竞争力。

遵义展开建设新农村活动

2006年2月,在贵州省遵义市的余庆、遵义、仁怀、习水、赤水、桐梓、绥阳、汇川、红花岗等县市区的农村,以创建"四在农家"活动为载体,建设殷实、和谐、文明的社会主义新农村的群众性热潮,正在如火如荼地展开。

2001年,余庆县在农村开展"三个代表"学教活动时,白泥镇的满溪村、龙家镇的光明村,率先推出"四在农家"创建活动,很快受到各地农民群众欢迎,县委、县政府及时引导,逐步在全县推开。

几年来,遵义市委、市政府将"四在农家"创建活动加以总结推广,以引导农民增收致富为前提,以一家一户得实惠为根本,以"七个一"和"五通三改三建"为切入点,把富、学、乐、美落到实处。

"七个一":帮助农民调整产业结构,培育支柱产业,找到一条致富增收的路子;家家户户有一幢宽敞整洁的住房;有一套家具和家用电器;安装一部家用电话;掌握一门以上农业实用技术;有一间卫生厨房和厕所;有一种以上健康有益的文体爱好。

"五通三改三建":通水、通路、通电、通电话、通广播电视;改灶、改厕、改环境;建图书阅览室、建文体场所、建宣传栏。

遵义市委、市政府还治理柴草乱垛、粪土乱堆、垃圾乱倒、污水乱泼、畜禽乱跑等"五乱"现象，改善人居环境和生产条件，改变农民精神面貌，提高农村文明水平。

2004年4月，遵义市委、市政府决定在全市14个县（市、区）广泛开展"四在农家"创建活动，力争到2010年全市农村以自然村寨为单位，覆盖面达80%，受惠农民达85%。

截至2005年8月，全市已完成创建点1500多个，覆盖221个乡镇、850个村，有12万余户农户、53万人受益，分别占全市农户和农民人口总数的10%左右。

2006年2月，遵义市委书记傅传耀说："'四在农家'创建活动已成为市、县、乡党委、政府的一项重要工作。市委、市政府决定市、县财政每年投入创建经费4000万元，拉动农民和社会投入2亿元，加大创建力度，提高农村文明水平，引导农民走文明发展、发展文明的全面小康之路。"

遵义市委常委、宣传部部长丁福秋说："创建活动坚持把发展经济放在首位，以增加农民收入为重点，帮助寻找致富路子，促进产业结构调整，培育支柱产业。"

遵义市各地已涌现出一批科技含量高、市场前景广、增加收入快的订单农业、观光农业等新兴产业。

茶叶、蔬菜、水果、药材、竹子等产品的生产加工规模化、集团化、基地化、产业化水平不断提高，逐步向高产、优质、生态、安全农业转变。

农民收入普遍增加，2004年全市农民人均收入2120元，比上年增加201元，创建村组人均收入2200元以上。2005年全市农民人均收入达2300多元。

赤水市大同镇大同村，一幢幢白墙灰瓦的农舍掩映在翠竹丛中。村民罗显福说："原来不通公路，柑橘运不出去，导致果贱伤农。如今政府帮助修通5公里进村公路、10公里连户水泥路，果商开车到家门口收购，柑橘和竹产业为每户增收1000元以上，全村人均收入达2500元。"

仁怀市二合镇双龙村，绿油油的万亩蔬菜基地望不到头。镇党委书记陈华说："为农民增收找门路已成为干部的主要任务，仅3年时间，蔬菜种植面积已由1000多亩扩大到10025亩，年产值达2000多万元，6个村的蔬菜种植户，人均增收500元。"

在三合镇雄心村，年收入10万元的蔬菜种植大户发展到10余户。村支部委员肖仕强说："只有帮助农民富裕起来，才能创建和谐新村。"

遵义市各地以精神文明活动中心、图书室、远程教育接收站和广播电视为载体，举办农业实用技术、市场经济、法律知识培训班。

各地还开展送理论到基层，送党课到支部，送政策、科技、法律到农户的学习教育活动，把爱国主义、集体主义、社会主义和社会公德、职业道德、家庭美德教育相结合，使学科学、长智慧、讲文明的新风吹进千村万寨。

农民法律、卫生和环保意识增强，尊老爱幼、邻里和睦、勤俭持家美德得以弘扬，不少村寨连续几年没有发生治安、刑事案件，没人违反计划生育政策，呈现安居乐业的祥和景象。

科技兴农蔚然成风，荡涤了愚昧陋习。在习水县土城镇高坪村，过去，不少农民沉湎于赌博和迷信，以致沦为贫困村。

自从市、县干部进村入户开展创建活动后，帮助村里开通远程教育，引导农民学科学、学技术、讲文明，并邀请遵义市果蔬专家进村讲课。

到2006年，农民技术学校已培训3000多人次，培养出47名学科学、用科学的"田秀才"。村民蒋学荣的100亩竹苗圃，年产值达30万元。2005年，全村人均收入达2400元。

在"四在农家"各个创建点上，文化设施得到加强，文化阵地得以巩固，形成各具特色的创建文化，呈现一派欢乐祥和景象。

2005年8月，红花岗区承办了遵义市首届农民科技文化体育活动周，1000多位农民代表参加了农畜产品比赛、农民体育竞赛、"四在农家"文艺调演和知识竞赛等活动，充分展示乐在农家的风采。

在正安、遵义、桐梓、红花岗等地创建点上，反映农村经济发展、思想道德、文化环境、社会治安、计划生育等方面变化的"文化墙""美术街""诗词碑""格言牌"等，成为农村文化生活一道亮丽的风景线。

赤水、余庆等地创建点组建了农民文艺表演队、篮球队，经常开展丰富多彩的文体活动。赤水市金华办事处沙湾村建立了两支农民腰鼓队，经常为农民群众进行表演。

办事处党委书记李绍彬说："农民对精神文化生活的需求日益强烈，一有空就聚在一起打腰鼓、扭秧歌。"

开展"四在农家"创建活动，农民心里更高兴的是能够享受民主政治建设成果。

余庆、赤水等县市赋予村民民主监督、民主决策、民主管理和民主参与权。2004年，村委会换届实行"海选"，村民从四面八方赶到投票点投下了神圣的一票。余庆县通过竞选人竞职演讲，"海选"产生266名村干部，选民参选率达92.4%，成功率达100%。

各创建点普遍实施"五通三改三建"工程，改善农民居住环境，倡导讲文明、树新风、革陋习，制定村规民约，从环境卫生抓起，改变了脏兮兮、乱糟糟的面貌。农民兴高采烈地赞美道："走路不湿鞋，吃水不用抬，做饭不烧柴，村寨靓起来。"

农民不仅创造环境美，还追求心灵高尚美。

桐梓县开展家训促文明匾牌悬挂活动，把治家格言立于堂上，传承民族传统美德，弘扬中华文明风尚。

娄山关镇谢泽绪、谢昌绪兄弟两家同住一个院，过去闹矛盾，在院坝中间砌了一堵墙。村委会挑选"远亲不如近邻，远水难解近渴"的匾牌送给两家悬挂。没多久，兄弟俩携手拆除隔离墙，重归和睦相处。

"富在农家增收入，学在农家长智慧，乐在农家爽精神，美在农家展新貌"这四句工整形象的描述，如今在贵州省遵义市不仅仅是写在纸上的工作部署，也是当地干部群众投身社会主义新农村建设伟大实践的生动写照。

贵州遵义开展的"四在农家"创建活动，是一种建设新农村的有益探索，使得各级干部带领群众建设新农村有了抓手，使得农民群众对建设新农村有了热情。

湖北推行"以企带村"模式

2006年5月11日,一座被誉为"村庄里的都市"的农民新城崭露头角,崛起在汉川市沉湖镇福星村的原野上。

宽阔洁净的村庄大道,整齐划一的现代化厂房,古朴典雅的居民公寓,富裕文明的村民家园,和谐相处的人际关系,勾画出一幅社会主义新农村的生动图景。

在它嬗变的过程中,一没向农民摊派,二没向银行贷款,三没要政府投入。这就是"土生土长"的乡镇企业湖北福星科技集团推行"以企带村"模式结出的硕果。

2006年4月3日至7日,孝感市委宣传部、孝感市社科联、汉川市委宣传部组成联合调研组,对湖北福星科技集团"以企带村"模式进行了专题调研,得出这样一个结论:

"以企带村"模式,符合党中央提出的构建社会主义和谐社会和建设社会主义新农村的方针政策,有着普遍的指导和实践意义。现代企业作为先进生产力的载体,在建设新农村、塑造新农民的进程中,有着十分重要的地位和作用。

福星村"以企带村"模式的建立是有背景和动因的。

福星村地处汉川市沉湖镇西北部，1996年前名为"段夹村"，全村现有耕地2748亩，辖13个村民小组，总人口3753人。

福星村距离汉川市区42公里，武汉市区98公里，离沉湖镇政府所在地也有数公里之遥，村东和村南被汉江阻隔，是名副其实的汉川"市尾"，并不占地利。

历史上的沉湖"泥沼四伏，十年九淹"，经过二十世纪六七十年代30万军民的围湖造田，这里才以粮食、棉花生产为主，并无特别的资源禀赋。

湖北福星科技集团公司的前身，是段夹村九组农民谭功炎1981年创办的铁木加工厂。1996年，这个靠"两部红炉、三间工坊、四把铁锤"起家的家庭作坊企业，经过产业的不断升级，发展成为湖北汉川钢丝绳股份有限公司。

1999年，该公司在深圳A股上市后，实施了"一业为主（金属制品）""三业并重（金属制品、房地产、生物药业）"的发展战略，组建了湖北福星科技集团。

此后，湖北福星科技集团以惊人的速度发展和裂变，旗下拥有湖北福星科技股份有限公司、武汉惠誉房地产等两家上市公司及多家子公司，拥有员工7000多人，资产总额36亿元，净资产17亿元。

2005年，该公司实现销售收入30亿元，创利税3.9

亿，创历史最好成绩。

1996 年 12 月，汉川市钢丝绳股份有限公司总经理谭功炎提出实行"以企带村"模式。

汉川市委、市政府顺势而动，通过广泛征求基层干部和农民群众意见，认为这是一种促进农村经济发展的新思路，是一种加快农村城镇化、实现城乡一体化建设步伐的新途径。

于是，汉川市委、市政府批准段夹村更名为福星村，接受汉川钢丝绳股份有限公司指导，实行"以企带村"模式，由沉湖镇党委、政府组织实施。

2005 年 5 月，公司南面相邻的 5867 人的李花村，也纳入"以企带村"模式，形成一企带两村的发展新格局。

"以企带村"模式的实施动机，是企业发展的必然选择。

谭功炎领导的企业，经过 1981 年至 1985 年的第一次创业，走过了原始积累的过程；1986 年至 1994 连续 8 年实现产值翻番；1995 年至 1996 年是企业的加快发展期，一跃成为中南地区最大的金属制品企业。

随着企业的发展，福星村中有一部分农民作为"压地工"进入企业当了工人。

这使得土地没被征用也不合乎进厂条件的少数农民产生了嫉妒心理，使周边环境变得复杂起来，拦水、拦路、偷盗和强行装卸、勒索外地商人的事时有发生，干扰了企业的正常运行。

在农业经营不赚钱甚至亏本的情况下，公司利益如果过分地向一部分人倾斜，而忽视另一部分人的利益的话，则可能导致村民与企业之间以及村民之间的矛盾与冲突，这是一方面。

另一方面，企业要做大做强，必然要引入先进的管理经验和高素质的技术人才，这样才能立于不败之地。事实上，已有不少位于该村周围，乃至外市和外省的劳动力通过不同的渠道被吸收到公司工作了，不少人甚至将其全家都搬迁到了该村及周边地区。

这样，如何协调好本地人与越来越多的外来移民之间的关系，就成了非常现实的问题。

一个位于传统村落包围圈中的现代企业要继续发展下去，就要在村企之间寻求建立一条利益相连的纽带和机制性渠道。让支持过自己发展的农民分享企业的发展成果，这样农民也会来帮助、促进企业的发展。按照生产关系必须适应生产力发展的规律，改变原有的村企形态势在必行。

"以企带村"模式的实施，也是破解"三农"难题的客观要求。

调查显示，当时的福星村人均耕地面积只有 0.67 亩，人多地少，靠农业经营没有多大出路。许多农民以到这个身边的大企业上班为荣，一些暂时没有离田上岸的农民也希望到企业找到工作。

但是，企业不加快发展，就不会产生更大的吸纳能力，不可能给周边村民造出更多的就业岗位。因而，村民们内心里真诚希望企业不断发展壮大，带动大家共同致富。

同时，村委会集体经济力量薄弱，村里仅有的3家集体企业钢板厂、砖瓦厂、预制板厂，因为经营不善倒闭了两个，剩下的砖瓦厂承包给了个人，基本上没有集体企业。

很多农民想办的事情、想要解决的问题，村委会无力帮助解决。水利基础设施自实行责任制以来就没有维修过。

不仅如此，村里还背上了上百万元的债务，村干部也是多少年领不到工资和报酬，年终时，只能拿回家一张"白条"。

为了维持正常运转和完成上级任务，村干部就在群众身上打主意，加重农民负担，造成干群关系紧张，摩擦不断。

在这样的背景下，如果袖手旁观，任凭农村凋敝，"三农"危机就会反过来制约和影响置身于这片土地上的企业。

事实上，经过多年积累，汉川钢丝绳公司的综合经济实力已经有了大幅度提高，具备了工业反哺农业的条件，具备了实行"以企带村"模式的经济基础。

"以企带村"模式的实施，也是企业履行社会责任的主观愿望。

一是作为"草根"阶层的乡镇企业,自创办之日起,就与"三农"紧密联系在一起,"你中有我""我中有你"。如果把它比作一棵大树,那么广袤的田野就是其植根的沃土。因为姓"农",它的肩上自然就多了一份振兴"三农"的社会责任。

二是作为全国人大代表、劳动模范、"五一劳动奖章"获得者的谭功炎认为,自己带头办企业不是为了个人发财,而是"为经济作贡献,为人民群众谋利益"。

1985年,他加入中国共产党时,曾经在红炉边立下"造福社会,共同富裕"的铮铮誓言。长期以来,他都固守着这个信念。

当年,有人怀着小富即满的心理,主张将企业财产分光用尽,各奔东西,他动之以情,晓之以理,坚持走集体致富之路;后来公司上市前分配股份,领导综合考虑他的贡献,给他个人不少于50%、价值上亿元的法人股,他坚决拒绝,坚持将这笔财富划归集体所有。

三是作为土生土长的全国乡镇企业家,谭功炎具有浓郁的"乡土情怀",将农民的苦痛铭记于心,对农民的感情割舍不断。

多年来,谭功炎捐款捐物、扶贫济困,外地有人多次以优惠条件对他"招商",都被他婉言谢绝,他始终坚持在当地发展,同时寻求如何以更为有效的形式担负起更多的社会责任。这是他提出"以企带村"的思想基础。

福星村"以企带村"模式的运行机制和主要内容是

怎样的呢？

沉湖镇与湖北福星科技集团在管理福星村的责权划分上达成共识："以企带村"并不是"以企代村"，"带动"而不是"代替"。

湖北福星科技集团侧重于经济和文化带动，沉湖镇政府侧重于政治和行政管理。"以企带村"运行模式可以概括为"一个机构、两个机制"。

一个机构，即沉湖镇"以企带村"领导小组，由沉湖镇、福星科技集团和所带村主要负责人组成。在沉湖镇党委的主持下，每年召开两次以上联席会议，拟订工作规划，研究具体措施，解决工作中出现的突出矛盾和问题，切实加强组织和领导。

两个机制是指互动机制和协调机制。互动机制是指以文件的形式具体规定了企、村双方的责任和义务；协调机制是指沉湖镇政府相关部门、湖北福星科技集团党委办公室、工程管理部、村委会等单位定期协商，负责"以企带村"模式的有效运行。

他们对"以企带村"模式的内涵作了如下概括：发挥企业的综合带动优势，在村企之间建立有组织、经常性、紧密型的联系，优化人才、管理、信息、技术、资金、土地、劳动力等生产要素的配置，达到"以工哺农、强农固企、村企双赢"的目的。

进而，他们又确定了"以企带村"的主要内容：

一是企业项目到村。

发展配套企业，扶持村级企业发展，壮大集体经济实力。

湖北福星科技集团利用自己的优势，通过产业转移，相继扶持福星村、李花村办起了工字轮厂、塑料制品有限公司、金属结构加工厂等30家工业企业，为福星集团生产配套产品。

这些企业在公司的指导和帮助下，全面推行现代企业制度，大力实施技术改造，企业规模不断扩大，产品科技含量日益提高。到2006年，已有3家企业发展成规模以上企业，产值以年均40%的幅度递增。

二是企业骨干到村。

"农村富不富，关键看支部"。他们采取"企推村选"的形式，拓宽选人用人渠道，破解福星村干部难选、难育、难留的难题。

湖北福星科技集团党委先后动员会经营、善管理的福星村村民、公司销售部南方管理部部长谭业亮，李花村村民、公司一分厂副厂长李金文、一分厂技术科科长吴琼道回村参加换届选举，都以高票当选。谭业亮担任了福星村党支部书记，李金文担任了李花村党支部书记，吴琼道担任了李花村村主任。

为了减轻农民负担，也为了解除他们的后顾之忧，这3名村干部的工资由公司按月发放，不在村里领取报酬。

公司党委和沉湖镇党委、政府与3名村干部签订了目标责任书，作为年终述职考评的主要依据。

谭业亮自 2000 年 2 月担任福星村党支部书记以来，下大力整顿了软弱涣散的村级班子，增强了村干部执行政策、带领群众、加速发展、维护稳定的能力，为圆满完成各项目标任务提供了坚强的组织保证；不仅化解了 200 多万元的村级债务，还有相当可观的村级积累。

这些年来，该村先后获得湖北省"乡镇企业示范区"、孝感市"十强村"、汉川市"先进基层党组织"等荣誉称号。谭业亮个人先后 5 次获得集团公司金牌奖，2002 年被评为"汉川市十佳村主职干部"。

三是企业文化到村。

为丰富农民业余生活，湖北福星科技集团早在 9 年前就建设了卫星地面接收站，实施有线电视"户户通"工程，使福星村成为汉川市最早收看有线电视的农村地区。

2003 年，全村固定电话开通率达 95%，宽带网、无线通信网络覆盖全村。

湖北福星科技集团还在村里建起拥有 5000 多册图书的图书室，投资 500 多万元，建起了可容纳 4000 多人的福星剧场。每年元旦、春节、五一劳动节、国庆节、重阳节定例邀请省内外剧团来此演出。

湖北福星科技集团还组建了拥有 20 多名演职员工的专业楚剧团，每年在福星剧场演出 100 场，福星村和李花村村民可以免费看戏。

四是企业福利到村。

湖北福星科技集团将福星村范围内的所有老人都纳入企业所实行的社会福利计划中。男60岁、女55岁，每年可享受600至2000元的生活补贴。

土地是农民的命根子。福星集团每次征地时，都严格按政策给农民补偿到位；2006年，又进行土地"追索补偿"，作为农民支持企业发展的回报。

从征地之日起，农民一次性获得每年每亩400元的土地补偿，仅此一项，湖北福星科技集团就拿出了500多万元。从2006年开始，又将每年每亩补助提高到1000元。

他们还实行本村招工优先政策，对男年满18岁、女20岁的村民，在同等条件下优先安置。

双职工建房一次性补贴2万元，子女从小学到大学可获得300至1万元的补贴。

企业投资60多万元修建了福星老年公寓，首批安置了60多名村民。公寓配置了日用家居用品，有电视机、影碟机、戏曲碟片等。每月除发给150元基本生活费外，春节每人分发食品各10公斤外加700元的零用钱。

湖北福星科技集团在"以企带村"的过程中，高度重视发展农业生产和农业投入，积极采取保农、扶农、强农措施。

李花村有耕地5440亩，以种植蔬菜、水稻、棉花为主，村级负债187万元。

2005年，推行"以企带村"模式后，福星集团从农民群众反映最强烈的问题入手，拨出90万元资金，用于李花村的农田水利基本建设，疏浚了2000米长的幸福渠，开挖了两条长2300米的新渠，改造了140亩的冷浸田，架了一座长250米、宽15米的水泥桥梁，建造了一座排水闸，大大提高了抗灾、减灾能力。

　　据湖北福星科技工程部提供的数据，10年间仅用于两村的支农性资金就达到320万元。

　　在与企业的互动、对接方面，福星村首先做到了思想认识统一到位。

　　在这方面，首先福星村及时把企业"以企带村"的重大决策、重大举措、工作要求与农民见面、通气，调动农民群众参与、互动的积极性。

　　其次，福星村开展经常性宣传，把企业发展给周边群众、给周边农村、给地方经济带来的好处讲深讲透，把"厂兴我荣，厂衰我耻"的道理讲深讲透，使大家心往一处想，劲往一处使。

　　最后，福星村开展了专题教育。如针对福星村一度出现的歧视排挤外来务工经商人员的现象，教育大家，外来员工也是企业的中坚力量，外来经商人员也是地方经济繁荣的有功之臣，要充分尊重他们，爱护他们，有效抵制了这一不良习气的蔓延。

　　在发展环境管理方面，福得村湖北福星科技集团重大项目建设实行一个项目、一名村干部、一个专班、一竿到底的"四个一"工作机制，对企业征地、办证、土地补偿等方面实行"一条龙"的跟踪包保服务。

福星村还定期组织专班，会同福星派出所、企业保卫科深入开展企业周边环境集中整治，协调处理企业与周边村民的矛盾与纠纷，严厉打击"四霸六强"和干扰企业正常生产秩序的行为，实现企业生产"零干扰"，为企业发展营造良好的外部环境。

为了满足湖北福星科技集团巨大的消费需求，福星村着力建设"米袋子"和"菜篮子"。全村共发展优质稻1600多亩、大棚蔬菜300多亩、水产养殖800多亩，培植禽类养殖大户18个，成为福星农贸市场物流的主渠道和主力军，起到了平抑物价、方便企业员工生活的作用。

同时，福星村积极引导村民大力发展商贸、餐饮和运输业，既为企业员工提供便利，又为村民拓宽了增收途径。

生产要素在福星地区经济棋盘上的重新组合和优化配置，"五到村"与"三到位"的互动与对接，使村企双方逐渐形成相互需求、优势互补、共同发展的新型合作关系。

经过近10年的探索与实践，福星村"以企带村"取得了明显的成效，收到了立体式的综合效应。

通过"以企带村"，福星地区实现了农村向城镇的转变。汉水之滨的这个普通村落，10年间以不可遏止的张力，涟漪般地扩散、膨胀，规模效应不断放大，成长为方圆5平方公里、聚居人口近3万，具有现代化功能的中心集镇。

10条大街林荫夹道，2000栋别墅古朴典雅；行政区、工业区、商贸区、生活区、文化教育区、休闲娱乐区、民营经济区、现代农业示范区排列有序；银行、宾馆、商场、学校、剧院、体育场、公园、医院、福利院、自来水厂等一应俱全；6条通往外界的公路纵横交织四通八达。

2002年，福星村1500多户农民中，除200多户通过不同途径搬进福星集镇外，尚有1200多户农民还住在各自的村落里。

湖北福星科技集团呼应农民要求，高起点规划建设农民新居，成立了房改办，实行"四统""三通""三改"，即统一规划、统一设计、统一供给宅基地、统一补贴标准；通电、通水、通路；改水、改厕、改垃圾堆放形式。

湖北福星科技集团还给家庭年收入低于全村平均收入水平的农户提供2万块红砖，给贫困户补助3万至5万元的现金，老宅拆迁每平方米统一补贴40至70元。

为了美化环境，在2005年，湖北福星科技集团还投资100万元，购进雪松、桂花树、白玉兰等20多种花卉树木，栽植在农民新屋门前，形成一街一景、一湾一景的格局。

2006年，福星村已有9个小组900多户搬进了二层楼的仿古、欧式风格的建筑群，剩下的3个小组300多户即将改造完毕。

2004年7月，这里设立了省管园区福星工业园，成为汉川西北部的工业重镇、经济信息中心。

2005年4月，汉川市委、市政府决定把沉湖镇更名为福星镇，并将镇址迁到福星村。

2006年，福星地区的第二产业和第三产业的比重已占到整个产业的98%，而且高科技产业占了相当比重。

福星地区成了吸引各种生产要素的"洼地"。这个偏远的农村湖区吸引了全国各地2万多名务工经商人员落户，吸引了100多家大小企业投资兴业，汉川市农行、商行、派出所、工商、税务、邮电所等一批行政单位和其他社会公益事业机构，也都纷纷在这里"安营扎寨"。

2006年，福星地区已云集全国20多个省、市、自治区的1000多名大学生和工程技术人员，美国、日本、意大利等10多个国家的客商也往来不绝。

人才聚集、人文蔚起，成为促进企业发展，推动当地社会经济文化进步的强劲动力。

4000多名农民实现了就地转移，其中在湖北福星科技集团工作的就有3000多人，人平均月工资1000多元；从事第三产业的有1000多人，占两村总劳力的85%以上。

2005年，福星村实现经济总收入1.98亿元，村级工业实现销售收入 1.3 亿，村集体经营纯收入 900 万元，被评为全省村级经济实力 500 强明星村。

农民人均纯收入突破 7000 元大关，达到 7250 元，是 10 年前的 6 倍，是汉川市农民人均年收入的 1.25 倍。

福星村民、湖北福星科技集团八分厂工人苏红彩和爱人是 1997 年上班的。

上班之前，她家的生活过得很艰辛，住在低矮的危房里，连孩子的学费都交不起；上班后，生活一天比一天强，盖起了小洋楼，添置了新家具，企业给孩子提供了助学金，日子过得比城里人还滋润。

调查表明，2005 年，汉川农行福星支行存款余额达到 1.5 亿多元，从一个侧面反映了福星人的富裕程度。

福星村"以企带村"模式的运行，使村里的文明程度不断提升。

福星地区地处天门、汉川、仙桃三地交界，夏、李、张三大姓聚居，历史上就相互仇视，时常发生宗族矛盾。"以企带村"后，村企双方都十分重视培育农民的公共道德意识、人际关系意识、公共卫生意识、公共生活意识，倡导健康文明新风尚。

10 年间，福星村坚持开展"五好家庭""十星级文明户"评选活动。评比内容包括清洁卫生、家庭和睦、关心集体、遵纪守法等方方面面。

对"五好家庭"和"十星级文明户"，除授牌外还纳入湖北福星科技集团年终总结表彰，分别给予 1000 至

2000元的奖励。

对获七星级以下的农户挂黄牌警示，并取消其相关福利。福星村已有78%的家庭受到过公司表彰。

湖北福星科技集团还常年开展"两心一性""三和三兴""四抓""三观五德""六句话""福星人为人处事准则"等教育，进企业、进农家、进社区、进学校、进门店；以先进文化引领、熏陶群众的思想行为，开展"文化活动在福星、读书活动在福星、文化讲座在福星、文化展览在福星"活动。

福星楚剧团、福得文工团以服务企业、服务农村、传播先进文化为己任，创作了《人在福中》《福星地区十沾光》等40多部（首）群众喜闻乐见的戏剧和歌曲；2004年，针对社会上的现象，创作了大型现代楚剧《人在福中》，匡扶正义，鞭笞邪恶，情节生动，真切感人，许多人都看得眼泪直流，教育意义和现实意义十分强烈，成为福星剧场的保留节目。

此剧在第八届中国"映山红"民间戏剧节上获得金奖，并荣获全国"双服务"文化先进集体称号，在2006年4月获第七届湖北戏剧牡丹奖等。

希望的田野有了文化的滋润，人民群众的精神面貌也发生了巨大变化。

大家齐心支持企业发展，维护企业利益，自觉维护村间卫生，保护树木花卉，村风民风淳朴，人际关系和谐，治安状况明显好转，特别是出现了儿女争着赡养老人的新气象。

村先后被评为孝感市文明单位、湖北省安全文明村，福星集镇也被评为湖北省文明社区。

福星村"以企带村"模式的运行，使劳动力素质不断提高。

原来的沉湖偏处一隅，农村社会事业发展滞后，大多数农民没有受过好的文化教育。企业果断决策，从娃娃抓起，发展福星的教育事业。1996年，企业出资280万元修建了福星小学教育大楼，添置了教学设备，使福星小学一举成为汉川市的示范小学，教育质量大大提高。

1997年至2000年，企业又先后拿出390多万元，创办了福星中学，修建了两座现代化的教学楼，建成了汉川一流的语音室、理化实验室、电教实验室，使福星地区的学生比周边乡镇至少提前5年享受了现代科技文明成果。

2005年，福星中学中考综合排名跻身汉川市前三强，98名学生参加高考，有68名学生被录取。

企业还规定，考上大专院校的，可以获得公司相当于学费一半的奖金。

"十年树木，百年树人"，教育事业的兴旺，对福星地区的发展产生的影响是深远的，既防止了新一代文盲的出现，又为其以后接受职业教育，实现快速就业打下文化基础，还防止了青少年因辍学而过早流入社会。

据统计，至2006年，福星地区86%的青年都具有高中以上文化程度，成为知识型农民。

企业注重培训技能型农民。如果不注意提高农民工的技能，不仅不利于增加农民就业机会，最终也将影响企业的竞争力。

2003年，湖北福星科技集团与武汉科技大学联合办学，投资100多万元创建了福星职业技术学院，走订单培训之路，开展劳动力转移前的职业技能培训，逐步以招生取代招工。

这所学院开设全日制大学课程，招收本地应届和往届高中毕业生，学制一年，学习期间免收学费和住宿费，开设课程有语文、数学、英语、计算机、机械设计与制造。

武汉科技大学教授和福星集团工程技术人员联合教学，为企业培养动手能力强的员工。

至2006年，这所学院已招生两届，有132名学生毕业后进入企业上班，他们的工资比普通职工要高出20%。

企业还不断培养管理型农民。福星、李花两村在湖北福星科技集团上班的3000多名员工中，经过多年的摔打和历练，已有320人获得中级以上技术职称，55%的人经过了职业技术培训，达到初级和中级专业水平，成为合格的产业工人，成为企业的骨干力量。

企业与华中科技大学、武汉大学、武汉科技大学等12所大学联合办学，开办了高级工商管理（EMBA）硕士研修班、会计电算化培训班、英语专科班等，分批选送优秀员工带薪脱产进修深造,并及时用优秀人才充实管理决策层。

福星村村民、原一分厂厂长张守才,把一个1000多工人的一分厂治理得井井有条,现场管理、设备管理、质量管理、成本管理均进入规范化轨道。张守才因表现突出被提拔为公司副总经理。2003年,他升为公司总经理,主管企业全面工作。

从福星中学考上大学的胡朔商,毕业后在公司福州市门市部工作,由于工作出色,2000年11月被提拔为财务总监、总经理助理。

到2006年,福星集团60%的中层以上干部和70%的班组长,都是福星村和李花村人。

"树因有根而坚固茂盛,水因有源而奔流不息。"劳动力素质的不断提高,不仅孕育出一批有知识、有文化的新型农民,也为企业提供了稳定的员工队伍,为企业"繁荣常盛"的目标打下了坚实的基础。

据统计,10年间福星集团累计投资6000多万元用于福星地区的基础设施建设和公益事业的发展。但用谭功炎的话说:"企业每年从利润中拿出三十分之一或四十分之一的比例用于'以企带村',带来的是农村的大变样,企业的大发展,值得!"

事实证明,福星集团推行"以企带村"模式,对于福星地区人民的经济、社会、政治、文化生活等各方面,已经带来并还将继续带来深刻变化,产生深远影响,有着旺盛的生命力。

随着福星地区农村经济社会的发展、全体农民素质的提高,他们建设社会主义新农村的步伐一定能够迈得更大、更快、更远。

恭城建设生态新家园

2006年3月,一座座青山,一条条绿水,一处处大果园,一幢幢小洋楼,点缀着广西恭城瑶族自治县的广大农村。

这里的天很蓝,空气很清新,环境很优美,日益吸引世人的目光。

春萌大地的三月,在恭城这片土地上,洋溢着蓬勃的生机和活力。

党的十六届五中全会作出的建设社会主义新农村的重大决策,更成为瑶乡各族人民统筹城乡经济社会发展,推进农村各项工作全面进步的强大动力。

恭城过去经济基础薄弱,发展滞后,被广西定为扶贫开发重点县。经过20年的艰苦努力,恭城人民在建设富裕生态家园的道路上迈开了坚实的步伐。

恭城面貌所发生的巨大变化,有力地印证了县委和县政府当年作出的"生态立县"决策的正确性。

在20世纪80年代初,广大农民生活在温饱线以下。为了养家糊口和解决燃料问题,群众大量伐薪烧炭,使得森林锐减,覆盖率下降。

既要保护生态环境,又要解决经济来源和烧柴问题,成为当时县委和县政府为群众最急需解决的问题。恭城是个不沿边、不沿海、不沿江，又远离铁路线和公路干线的山区农业县，没有区位优势，又没有国家的大投资，想招商引资办工业、寻出路是不现实的。

因地制宜的原则为恭城县委、县政府打开了发展农村经济社会工作的思路。靠山吃山，怎么吃法？以生态立县，发展生态农业。

1983年，恭城县开始在平安乡黄岭村搞沼气试点。村里的人想不到用人畜粪便和青草料沤制后产生的沼气，点燃后蓝色的火焰能烧水、煮饭、炒菜和照明，既省柴省力，又方便卫生。

因此，建沼气池迅速得到推广，以每年平均建成2500座的速度发展。到2006年，恭城沼气池总数达5.67万座，沼气入户率达到88%，居全国第一。

说到生态立县，恭城县生态农业管理中心主任周庭锡，首先谈起沼气作燃料带来的效益：用来煮饭做菜、点灯照明，如果按一户农家每天用两千瓦时电计算，每千瓦时电费0.58元，一年节约电费423元；每户每月节柴200公斤，每50公斤以10元计算，全年节约480元，这是最直接的经济效益。

用沼气取代柴草作燃料，实现了"生态利用—生态保护"的良性循环。按以上计算，全县5万户用沼气，一年减少烧柴1.28亿公斤，相当于每年少砍伐4万亩森林。

恭城农民都称沼气是福气。随着生态农业的不断创新和发展，沼气从试点阶段的改燃、改厨、改厕的"三配套"，到发展阶段的"一池带四小"，完善阶段的"养殖—沼气—种植"三位一体生态农业模式，提高阶段实施"富裕生态家园"建设工程的"五改十化"的标准，沼气都发挥着强大的纽带作用。

沼气的利用使恭城的山变青、水变绿，为建设富裕生态家园营造了良好的自然生态环境。

广西农业厅厅长张明沛说："驱车在县、乡、村公路上行走，3秒钟看不见果园的就不是恭城。"

在恭城，可以看到"果海"，万亩柑橙、万亩月柿、万亩沙田柚、万亩桃李，还有近几年新引种的东槐杨梅、夏橙、大个枇杷、南方梨、水晶梨……一片连着一片，绵延不断，望不到边。

说到水果生产，恭城农民都会滔滔不绝地谈起"养殖—沼气—种植"三位一体的生态农业模式。

恭城的农民已经掌握了以养殖为龙头、以沼气为纽带、以种果为重点的技术要领，大办沼气，大种果树，使生态农业突破了庭院经济的栅栏，步入规模化、基地化发展的轨道，迅速形成柑橙、月柿、沙田柚、红花桃四大名特优水果生产基地。

"三位一体"生态农业，以其独特的良性循环体系被有关专家誉为"恭城模式"而闻名全国。

恭城水果业发展，由庭院式到规模式，由大到强而经久不衰的秘诀，自然成为采访的一个焦点。有的水果大户在收获季节时要请日工200个以上。

一家来采购的果品公司老板说，恭城的水果品种优良、个大、皮亮、质好。他的公司来恭城购销的水果每年都有500多万公斤，像这样中个子椪柑收购价每公斤2.1元。农民算过账，每公斤水果成本0.6元，大有钱赚，果商也大有利图。

恭城农民普遍掌握简易保鲜技术，柑橙、沙田柚经薄膜包装保鲜，销售期可达5个多月，实现均衡销售。月柿加工更是恭城农民的拿手好戏，年产10万吨的月柿鲜果，70%加工成柿饼远销区外、海外。

春节过后，便是恭城农民最忙的季节！他们穿梭在果园里修枝、挖沟施肥、喷药消毒，或进行高位嫁接换种。

特别是近两三年来，恭城大力推进农业标准化生产，按照"优质、高产、高效、生态、安全"的要求，加快水果无公害标准化生产基地建设。2005年推广无公害标准化生产技术的水果面积32万亩，无公害水果生产、绿色水果生产成为恭城水果生产的新亮点。

2006年，恭城水果面积38万亩，尽管有50%未进入丰产期，但去年产量已达46万吨；农民人均有果产量近2吨，收入的70%来自水果业。北京汇源、大连汇坤等国内水果深加工知名企业落户恭城，拉长了产业链条。水果业已成为支撑恭城农村经济社会快速发展的强势基础产业。

"富不富，看住房。"在恭城，农民建的楼房都很漂亮，房前屋后的环境优美，家庭设施都实现了现代化。

2006年，恭城县把北源洞自然村列为新建富裕生态家园示范村，设计的村民住宅兼有居住和旅游接待两种功能。每幢面积240平方米，造价13万元，首期交6万元。

一位姓欧阳的村民说："年收入三四万元哪能建这样的新房啊！"像他这样年收入10万元以上的家庭全村有10户，6万元以上的有好几十户。有了雄厚的经济基础，大家才有建设美好家园的强烈愿望。

生产发展，收入提高，农民经济实力增强，是建设新农村的坚实基础。

2001年，恭城县委、县政府顺应"富而思进"的广大群众建设新农村的迫切愿望，作出了实施"富裕生态家园"建设的决策，围绕"富裕、生态、民主、文明、和谐"的内容，先后投入近5000万元作为农村基础设施和公共设施建设资金，引导经济条件较好的村屯的农民对村舍进行改造。

到2006年为止，已对全县881个村屯中的368个进行统一规划，实施规划建设80多个。全县9个乡镇都有示范点，每个示范点都力争建设成为特色产业发展的基地，农村新村建设的样板，生态环境保护的典范，科技普及推广的先导，农民增产增收的园地，精神文明建设的先锋，农村党员发挥先进性作用的舞台。

从实践看，全县16个富裕生态家园示范点建设初具规模，各有特色，不拘一格，有的依山而建，有的傍水而立。

平安乡的社山新村，就是一个集生态农业、旅游观光于一体的典型村。村里有70多户统一设计的新民居，村前清清流水，竹影婆娑；村后青山掩翠，鸟语花香。四周是碧绿的果园，河上架着一座钢轨木板平安桥，很有"小桥流水人家"之美，加上村风文明，民风淳朴，境内外的游客慕名而来者很多。

游客们下江中撑排、游泳戏水，进果园摘果，入农家与村民同乐。村里办旅馆、开饭店、搞旅游的村民每年也增加收入两三万元。

新村建设拉动了农村非农产业的发展。依托十里桃花长廊的大岭山和潮水岩新村、依托万亩月柿基地的红岩新村，自2003年以来，分别举办了三届桃花节和月柿节，吸引着区内外数十万游客来观光旅游，促进了农村第三产业的蓬勃发展。

在恭城，外出打工的并不多，农村劳力转移基本实现"本土化"。

有人这样赞美恭城新农村：春天是花园，夏天是林园，秋天是果园，冬天是公园，一年四季是乐园。恭城的农村，在人们面前展现出了一幅小康、生态、文明、卫生、和谐的新画卷。

恭城县因为新农村建设的显著成效，获得了"全国生态农业示范县""联合国发展中国家农村生态经济发展的典范""国家级生态示范区""全国生态农业建设先进县""全国无公害水果生产示范基地县""广西第一个国家可持续发展实验区""国家农业部青年农民科技培训项目实施县""中国椪柑之乡""中国月柿之乡"等荣誉。

成都推进城乡一体化

2006年5月19日,龙泉驿区大面街道龙华社区居民罗龙分到了一套105平方米的房子,他终于住上了"现代之居",过上了城市生活。

30岁的罗龙曾是原大面镇龙华村的一名农民,常年在外打工。罗龙本身文化水平不高,又没什么技术,打工的工资也少得可怜。虽然当时罗龙家里还有几亩地,小两口勤苦工作,但一家人的日子还是过得紧巴巴的。

2004年,罗龙和龙华大部分村民加入龙华农民股份合作社,成了一名股东。

2005年,龙华农民技能讲习所成立,罗龙和妻子重新走进课堂,进行焊工和餐饮服务培训。

技术学到手后,罗龙于当年10月在社区楼下以每个月200元的租金租下了一个铺面,开起了修车铺。

"生意还不错,因为龙华骑摩托车的人比较多。"说起自己的生意,罗龙显得很高兴,平均一个月下来能挣上1000多元,这份稳定的收入比起以往在外打工,算是一笔不低的收入了。

罗龙的妻子也在一农家乐餐厅当起了服务员,两人加起来每月有2000元左右的收入,这在以往是他们所不敢想的。除此以外,罗龙每月能在合作社领到5公斤大米、0.5公斤食用油的粮油补贴，还能拥有包括养老、教育等在内的"八道防火墙"保障体系。

在以"三个集中"为核心的推进城乡一体化，建设社会主义新农村进程中，龙泉驿区大面街道的龙华社区成为成都市众多示范村之一。

"龙华实践"以农民现有宅基地流转为基础，以整理林盘地、塘堰地等非耕地作为辅助，在保证耕地面积不减少的情况下，以农民自愿参股运作的方式成立起全省第一个农民股份合作社"成都龙华农民股份合作社"。

加入合作社后，龙华农民有房住，有事干，生活有保障，既实现了安现代之居，又能够兴小康之业。龙华社区居民罗龙就是在"龙华实践"中逐步过上幸福生活的。

加入股份合作社后，通过就业创业培训，龙华农民有的在辖区内的企业找到了岗位，有的走上了自主创业的道路，日子过得越来越好了。

加入股份合作社以后，农民们普遍反映，生活越来越有保障，越来越有盼头了。

万丰泉破解新农村建设难题

2006年6月,夏季的万丰泉村民小组呈现一派和谐发展的景象:村落四周绿树成荫,花草纵横,一条条道路、一个个农家小院整洁干净,院落美化,人畜分离,整个村庄呈现出"村在绿中,房在园中,人在景中"的美好景象。

万丰泉是陕西省靖边县红墩界镇尔德井村的一个村民小组,位于毛乌素沙漠南缘,靖边县城北30公里处,与五胡十六国时期大夏国都遗址统万城毗邻。

这个过去很穷的村庄,现在却成为靖边县远近闻名的富裕村。2005年,万丰泉村民小组农民人均产粮由2003年的800多公斤增加到2500公斤,人均纯收入由2003年的950元增长到1万元,成为新农村建设的典范,被人们誉为"万丰泉现象"。

万丰泉人世世代代过着居土窑、行沙路、烧柴禾、靠天吃饭的穷困生活。虽然农村改革以来,经过20多年的艰苦奋斗,老百姓终于摆脱了贫困,越过了温饱线,但由于受传统的生产、生活条件所限,脆弱的生态环境依然困扰着万丰泉村民小组以及尔德井村的发展。

农业基础设施不健全,水、电、路建设滞后,信息闭塞导致群众思想观念落后、科技意识淡薄,农民收入多年徘徊在900元左右。

受经济发展的制约，村容村貌难改变，人居环境难改观，村民生活质量难提高。这里粪土乱堆，厕所乱建，脏水乱倒，家禽家畜乱跑。人穷志短，村里懒汉多，醉汉多，不思进取的人多，偷盗现象时有发生。

难道这里真的只能听天由命、任其贫穷下去吗？2003年，为了寻求水保生态建设与促进"三农"工作的结合点，陕西省山川秀美工程领导小组办公室、陕西省水土保持局，决定在靖边县海子滩乡和红墩界镇，成立治沙示范基地，尔德井村被列为生态经济型村镇建设首批示范村，榆林市、靖边县也将其确定为农业综合发展示范村。

这对尔德井村来说是一个千载难逢的机遇，村支部决心抓住这个机遇。经过反复讨论，决定首先在万丰泉村民小组寻求突破，将上级投入的有限资金用在万丰泉，将万丰泉作为一块脱贫致富的"试验田"。

在陕西省水保局的帮助下，万丰泉人开始筹划发展村办企业。2003年9月，万丰泉17户村民集资入股兴办的第一个村办企业砖瓦场破土动工了，村民有钱的出钱，有人的出人，全村能抱起砖的男女老幼一齐上阵，仅用83天时间就建成了年产1200万块砖的砖场。

由于周边没有砖场，砖可销往相邻五六个乡镇和内蒙古等地，效益十分可观。2004年盈利20万元，2005年收入40万元，其中万丰泉小组农民户均收入就突破了2

万多元。

　　村民们从自己办的砖场拿到了钱，就产生了改善生活质量的想法。告别土窑洞，住小洋楼成为全村人梦寐以求的理想。

　　当村委会酝酿吊庄移民，规划建设欧式民居时，村民们高兴得合不拢嘴。建楼时，砖场免费给农户供砖，超过部分在下年利润中扣除，村民之间可相互换工，建楼成本因此降低了三分之一。

　　经过全村人的共同努力，2005年，17幢建筑面积为150至200平方米的各式小洋楼拔地而起，户内瓷砖铺地，宽敞明亮，户外道路硬化，干净整洁，沼气、太阳能、风能一应俱全。

　　村民们将自己的日子总结为："吃水不用抬，做饭不烧柴，出门不湿鞋，汽车进得来。"

　　村里还争取项目支持，投资60多万元，完全按欧式建筑风格建起了村委会办公室、卫生所、兽医站、配种站、文化站、招待所、气象观测站等公共设施，使各项社会事业得到同步发展。

　　一个生产发展、生活宽裕、乡风文明、村容整洁、管理民主的社会主义新农村初步形成。村民们自豪地说："我们现在也过上城里人的生活了。"

　　把上级的帮扶资金集中起来办大事，寻找一个好项目，提高自身发展能力，万丰泉人就这样破解了"输血"与"造血"的难题。

村办企业的建成，使万丰泉人看到了未来美好生活的希望，但是，他们也认识到，要想进一步发展，必须改变传统耕作方式，改善这里脆弱的生态环境，打好长远发展的基础。

于是，全村围绕"封起来、治起来、绿起来、美起来、富起来"的目标，掀起了改善生态环境建设的热潮。

全村实施了人均1亩草地工程，仅2005年种植优质沙打旺2000亩；2006年春天，又栽植白皮旱柳1.2万株，种草800多亩，从而使草木面积迅速扩大，为发展畜牧业打下了良好的基础，羊崽饲养量由2003年的157只发展到750只。

小组内每户建成一个标准化羊舍，配套建青贮池1个，将玉米秸秆全部青贮，并建起了"一池三改"的沼气池，充分利用牲畜粪便解决了禁伐后的燃料问题。

发展农村经济、增加农民收入，关键看能否适应市场变化，适时调整产业结构，万丰泉人基本做到了这一点。

万丰泉村打破传统的以农业为主的产业格局，通过生态环境建设壮大畜牧业，逐步形成以草畜业为主的产业结构，然后又推向加工业，办起了机砖场，并根据畜牧业的发展积极筹建年产2万吨的饲料加工厂。

2006年，他们把眼光盯在了旅游业上，准备充分利用本村350多株千年古柳和欧式住宅居住区，开辟连接统万城的"农家乐"旅游线路，从而带动全尔德井村服务业发展。

在万丰泉人看来,种草、养羊是他们发展的重点。养羊大户樊玉宝一家3口人,种草20多亩,养羊50多只,仅羊崽一项便可收入2.5万元。可以说,没有农民收入的稳步增长,就没有今天万丰泉和尔德井的变化。

发展生态经济使万丰泉农民群众的收入大幅增加,粮食产量由年产5.75万公斤提高到17.3万公斤,农民人均纯收入由2003年的950元增长到2004年的3600元,2005年一跃达到1万元。

万丰泉人尝到了生态建设的甜头,传统观念改变了,他们把大力发展循环经济作为发展农村经济的有效手段,按照"种养结合、工农互补、分户经营、集约发展、立体开发、循环利用"的思路,将大田生产和庭院经济通过农户的生产、生活有机地联系起来,构建了一个生态型循环经济系统。

通过调整农业产业结构,大力发展粮食生产和草产业,为畜牧业发展创造条件;通过畜牧业的发展,利用转化优质牧草和农作物秸秆及剩余粮食,实现第一次增值,用以反哺种植业。

同时,畜牧业的发展为沼气创造了条件,解决了农村能源问题。沼气废物的还田利用又为种植业提供了有机肥料,种植业和畜牧业的发展为加工业和商贸业的发展创造了条件,商贸业的发展又可反哺种植业和养殖业,从而形成一个生态良性循环体系,即粮(草)—畜牧—

能源—加工—商贸等完整循环的产业链，提高了资源的利用率，经济效益十分明显。

万丰泉人还整理土地680亩，采用暗管输水，每亩地浇一次水可节约2度电、10吨水。一口沼气池一年节约干柴2500公斤，可获直接经济效益1500至1800元，每户利用风能、太阳能资源，每天可节约用电3度，全村每年节约总价值约十几万元。

在改变传统耕作方式，发展循环经济，树立"无工不富"的观念的指导下，万丰泉把发展的触角伸向第二产业和第三产业，不断培育和"挖掘"农村经济新的增长点，万丰泉人就这样破解了"增收难"的难题。

万丰泉人在实践中体会到了科技的分量，更明白了"脑袋"富了"口袋"才能富的深刻道理。在村委会班子的带动下，农民学科技、谋发展、比观念蔚然成风。

他们引进技术力量，在本村建起了1000亩科技示范园，示范种植玉米、大豆、谷子等150多个小杂粮新品种，其中新品种洋芋亩产2500公斤，每公斤0.4元，创产值24万元。

全村还推广了玉米宽窄行密植高产技术，每亩增产200多公斤。与此同时，他们采用国内最先进的滴灌技术，大大提高了粮食产量和生产效率。此外，村里还引进世界优良肉羊品种杜泊羊进行杂交改良示范，建成陕北最优的良种羊繁育基地。

村民告别了传统的手工耕作，普遍使用上铡草机、播种机、脱粒机、拖拉机等先进农用机具，全尔德井村基本实现了品种优良化、种植科学化、灌溉节水化、耕作机械化，从而极大地改善了农村的生产、生活条件，解放和发展了农村的生产力，同时，也增加了农民学知识和学技术的积极性，培养了一批有文化、懂技术、会经营的新型农民。

万丰泉村民小组现已成为尔德井村的"中心"，起到了辐射带动全村的作用。其他几个居住分散偏僻的自然村整村向万丰泉迁移和"靠拢"，在0.5平方公里的土地上建起了一个新村镇。

新村镇有村镇道路主框架，有比较完备的公共设施，还有优美的环境和建筑风格独特的民居，与这里传统的村落和民俗文化相映生辉，已基本形成一个独具特色、充满活力、清新宜人、和谐美观的生态家园式小城镇雏形。

到2006年，村镇建设带动农村经济社会发展的效应已经显现出来，饭馆、缝纫部、理发店陆续开张，到统万城的游客也要停下来歇一歇脚，喝一口茶。

同时，居民住宅多数负债建设，逼着一些"懒人"变得勤快了、文明了。村民周某花9万元建起了人均60平方米的别墅一座，一年之内就还清了欠款。

一个特困户曾经嗜酒懒惰，常年靠救济生活。新农村建设调动了他的积极性，于是，他挺起腰杆，领着妻子发展养殖业，人均纯收入上万元，也建起了154平方米的小洋楼，令村里人刮目相看。

各级领导和专家用经济发展和收入增长的现实，教育和引导农民转变观念、学科学、学技术，使他们成为一代新型农民，万丰泉人就这样破解了"农民素质提高难"的难题。

"万丰泉现象"是一个各种力量相凝聚的现象。除了渴望摆脱贫困、向往美好生活的农民以外，各级领导也能真真切切俯下身子，将"农民的渴望"作为当前工作的重心。

在万丰泉新农村建设中，榆林市委书记周一波先后数次深入该村进行调研；陕西省水土保持局局长周万龙30多次带领有关人员来到该村面对面地指导工作；靖边县委书记马宏玉多次在村里与农民、村干部促膝交谈，现场办公，就这样，各种力量的凝聚，让沙漠里的农民看到了希望。

如今的万丰泉人不仅"口袋"富了，而且"脑袋"也富了。他们正在以超前的思维谋划发展农家旅游和景观农业。

万丰泉村有得天独厚的自然景观和人文景观，能够迎合都市人返璞归真的心理。因此村支部决定要把万丰泉建成集旅游观光、沙漠生态、休闲娱乐为一体的生态风景区，成为统万城、神树涧千年古柳旅游景区的后花园，让更多的城市人驻足万丰泉。

丰县创建循环农业区

2007年,社科院专家在江苏省丰县调研中发现"循环农业"经济发展模式,将其命名为"丰县模式"。

"丰县模式"是一种主要发展农业的经济模式,主要内容是,通过复合型产业化经营组织,大力推进现代农业体系建设,带动社会经济全面发展。

其中,最简单的是"林羊复合模式"。丰县当地林业发达,意杨林种植面积较广,在树林中放养山羊,能够形成杨树叶喂羊、羊粪肥地的传统循环模式,虽然简单,但效果却很突出。

丰县最突出的循环农业模式是"鸭—沼—果—企"模式,因为在循环模式中引进了现代企业这一因子,被专家称为"高效循环农业模式"。

丰县是中国果菜生产十强县之一,有50万亩果树。以前每年都有大量的个头小、有瑕疵的青果、风落果,弃之可惜,转化无门,成了果农的心病。

其实,这些青果由于果汁酸度较高,正是果汁加工企业的最爱。在4年前,丰县通过招商引资,兴建了安德利和湖滨果蔬汁有限公司等果汁加工企业,日加工残次果能力达2000多吨,一年可为果农带来上亿元的额外收入。

浓缩果汁可以出口,果渣中还能提取果胶,最后剩余物质再制成饲料,能够满足广大养鸭户的需求。而鸭粪可以进入沼气池,沼气是农村新燃料,沼肥作为优质有机肥又被输送到苹果园中,进行下一次循环。

宋楼镇果农刘玉喜计算,4亩果园能多带来1.6万元的经济效益。而且,这一模式的链条还在进一步延伸。农户们利用苹果园开发出休闲体验型农业,又带动了当地特色旅游业的发展。

丰县的果树每年都要修剪或更新,各种废弃树枝、板皮出路何在?其实,果树枝粉碎后加上锯末等原料可以制成高品质的胶合板材。

2005年,吉林森工江苏分公司落户丰县,年产刨花板10万立方米,原料都是丰县的废弃果树枝。

凤城镇史小楼村农民史某,一次就卖了5吨重的乱树枝,他正愁没办法处理呢!

丰县每年还有80万吨的秸秆,以前只能作为农民烧火做饭的材料。

2003年,丰县实施了"秸秆种菇百村万棚亿元开发工程",组织农民利用秸秆发展食用菌种植。

到2007年,该项目已发展到500万平方米,效益达亿元以上。在为广大菇农带来可观收益的同时,秸秆也实现了就地增值。丰县还通过青贮、氨化等方式综合加工秸秆资源,大力推广秸秆堆沤还田、机械化还田等技术,有效利用了秸秆资源。

在丰县,循环农业体系以其鲜明的特性和突出的效益,极大地丰富了"丰县模式"的内容,在一个农业大县"又好又快、超常发展"的轨迹中涂抹了一片亮色,使得现代高效农业成为丰县农民持续增收的"第一极"。

经过大力推进现代农业体系建设,2007年的丰县与8年前相比,地区生产总值增长了2.5倍,地方财政收入增长了2倍,农民人均纯收入几乎翻了一番。

三、新兴生活

- "银发分队"队员61岁的王莲说:"这里曾经是典型的江南水乡,我们坐着乌篷船进进出出,在清澈见底的小河里淘米、洗衣。"

- 夜幕降临,村委会办公楼三层的讲堂里灯火通明,里面坐满了前来参加"周末开讲"活动的村民。

- 大娘大爷们搬着小凳子、拉着小孙子,拥进俱乐部:"今天又看'新农村快板儿'喽!"

在新村镇建设中受益

2006年,在吉林省辽源市灯塔乡东孟村,到处可看到整齐的院墙、干净的厕所、纯净的自来水、敞亮的塑钢窗。

东孟村是吉林省"新村镇"建设的受益者之一。东孟四组是全村8个村屯最先进行改造的。改造过程中省里给了部分资金,农民只用筹集门窗、厕所、屋瓦等费用的20%,最多的一家也就是出1000多元钱。

东孟村农民聂文说:"上级帮助我们把屯子里的土路变成了水泥路,还帮助我们建了56栋鸡舍,让村民发展养鸡业,全屯农民心里别提多高兴了。"

公主岭市朝阳镇大房身村农民辛安,指着院墙外路过的一辆公交车说:"我们这里自从修好路以后,每天有七八趟公交车路过我们村子,我们去城里半个小时就到了,原先我们去城里需要两个小时。自来水、有线电视也跟城里人一样,而且我们的收入也在不断增加。"

辛安所在的村得到了政府的帮助。吉林省从道路建设、安全用水、电力供应、清洁能源、房屋改造等方面入手,进行村镇整治,使农民过上了现代化的生活。

2006年,在杨凌农业高新技术产业示范区的许多农民,近来成为全国各地农村竞相聘请的"香饽饽"。

这些具有一定技术和专业特长的农民"技术员",有的年薪已高达10万元,成为有名有实的"农村白领"。

每年春节后,大批农民工都要外出务工,挣一些辛苦钱。而一些在杨凌这里经过培训,获得过农民技术专业职称的"土专家",却在为接受哪一家的"大红聘书"犯愁。

五泉镇华公村农民马增科经过培训掌握了红枣的育苗、栽培和管理技术,并取得了杨凌农民技术专业职称,在家里建起了20多亩苗木园。他接受了甘肃、新疆等地农村的聘请,指导当地农民进行红枣种植,每年的收入都在10万元以上。

李台乡西桥村"土专家"陈东顺拜农科城著名核桃专家高绍棠为师,学得一身核桃树嫁接技术,核桃树育苗温床嫁接成活率超过95%。他受聘的"工资"是以天计算,每日在200元以上。

据了解,杨凌依托西北农林科技大学和职业技术学院两所农科高校的教育资源,拿出专项资金,分批培训农村劳动力,促进农民增收。许多人掌握了几门农业生产的技术和特长,外出当起了"白领"农民。

农家俱乐部吹新风

2006年的一天,在江苏省扬州市邗江区瓜洲镇,村民们都匆匆朝村中心俱乐部走去。

原来,在江苏省扬州市邗江区瓜洲镇,农民自发组建的农家俱乐部今天有演出。

一路上乡邻们不断打招呼:"今天演的哪一出戏呀?"

大娘大爷们搬着小凳子、拉着小孙子,拥进俱乐部:"今天又看'新农村快板儿'喽!"

这个俱乐部已办了11年,当初就是几个老人聚在一起自拉自唱。每天锣鼓一响,村民就端着饭碗去看热闹。

后来正规一些了,他们每天早上小聚会,编剧本、练台词,每周一次大聚会,排练节目,几年下来已经排练了40多个剧本。

新农村建设启动后,他们又根据当地新农村建设中的新人新事,排练了《张大嫂盖新房》《田二哥当老板》《村支书搞规划》等一系列节目,给农民演出。

现在电视里啥节目都有,乡亲们为什么还这么喜欢农家戏呢?俱乐部的"团长"王宝云说,我们演的是老百姓的日常生活,戏文里说的不是前院的大妈,就是隔壁的大叔,另有一番乐趣。

俱乐部的26位骨干各有拿手绝活。他们既表演传统扬剧，也有自编自演的《扬州三把刀》。当镇里办冬训班，开表彰会时，他们就去表演《十唱朱快乐》《十唱建华村》。当有商家庆典时，他们则跳起改版的《九九女儿红》。

俱乐部的黄玉遐老汉，竹板一打，出口成章："瓜洲老街瘦而长，中间全是大洼塘，拖个板车回头望，招呼大叔帮个忙。新农村建设大变样，水泥马路真宽敞，街道整洁又漂亮，晚上灯火亮堂堂。活动中心吹拉弹唱，男女老少心花怒放。"

俱乐部最拿手的戏，莫过于扬剧表演唱《婆媳情》。它取材于运西的真实故事，说的是婆婆中风在医院昏迷，小姑子正愁没钱置办嫁妆，儿媳小琴把娘家陪嫁的金首饰塞给小姑子，又为婆婆交了住院费，日夜守候床前端茶熬药，终于唤醒了昏迷三天三夜的婆婆。

在戏中，二胡营造的悲凉的氛围，演员眼里都噙着泪水。演出结束后，观众的眼圈哭红了，巴掌也拍红了。

村民陈玉妹说，这出戏她不知道看了多少遍，以前她和婆婆不和睦，她不让婆婆住正屋，婆婆也不给她带小孩儿，两个人从不在一张桌子上吃饭。

婆媳俩看了这出戏后，很受感动，聊到了半夜，最后哭成一团。从这以后，儿媳主动让出大房间给婆婆住，婆婆待她比女儿还亲，她上夜班婆婆去厂门口接她。

26位农民，几件简单的乐器，却牢牢拴住了乡亲们的心。11年间，他们天天搭台唱戏，吸引了十几万人次的观众，给新农村吹来清新持久的文明新风。

恭城农民用沼气

2006 年,在广西恭城瑶族自治县农村,基本上家家户户都在使用沼气。

从 20 世纪 80 年代初以来,恭城沼气建设迅速发展,当时全县农户使用沼气率已达到 85% 以上。"沼气热"是在恭城农民缺柴少电的情况下"逼"出来的。

在恭城最先大规模发展沼气的是平安乡黄岭村。

20 世纪 70 年代末时,村民们都是靠上山砍柴作为取暖、做饭的燃料。每天各家各户的第一件事就是上山砍柴,山上的树越砍越少,他们不得不到更远的山上去砍柴,后来砍一担柴要跑到 5 公里外的山上,来回需要一天时间。

据文字资料记载,1979 年恭城林木蓄积量比 1960 年下降了 44.6%,全县每年大约有 24 万立方米的薪柴被消耗。1979 年以后,全县各大流域森林的砍伐以每年 2 至 5 公里的速度向深山推进。

植被破坏以后水土流失加剧,旱涝灾害频发,1984 年至 1986 年恭城连续 3 年粮食减产。

村里的山秃了、树没了,山上的柴逐渐减少,经常洪水成灾,日子根本没法过下去,缺柴烧成了这个村的当务之急。

1983年，黄光林用片石修建了一个沼气池，容积接近20立方米。有了沼气池不用烧柴就可以做饭、照明，这引起了村民的兴趣，许多人到他家取经，村里一下子建起了十几个沼气池。

　　正是在这样的背景下，黄岭村的沼气池引起了政府的关注。

　　1983年冬，恭城县开始组织力量有计划地抓沼气建设，在深入调研的基础上，紧接着制订了农村能源发展的远期规划，要求在发展省柴灶、小水电和煤代柴的基础上，逐步将农村能源发展的重点放在沼气上，提出到1995年底要实现60%以上的农户用上沼气。

　　但是，没有想到，当初点起的一点儿星火成了燎原之势，恭城农民发展沼气已经成了规模。

　　1990年，全县农村沼气入户率已经达到20%；2004年，全县农村沼气入户率超过了86%。沼气池开始了标准化建设，后又加入了自动排渣技术，发展沼气的技术已经相当成熟。

　　恭城全县大规模的沼气建设，有效解决了农村缺柴少电的问题，引发了恭城农村能源革命。

　　在恭城县可以看到，基本上家家户户都在使用沼气，废液废渣又为果树种植创造了绝好的条件。

　　在村民叶荣家的小院，厨房、卫生间收拾得干干净净。她扭动沼气灶开关，一股蓝色的火苗瞬间腾起。叶荣说，她家以前烧柴的时候厨房里到处是柴草，四面墙壁都是黑的。用沼气灶既能煮饭、煮菜，还能做当地特色的油茶，配合液化气使用一年四季方便又卫生。

在黄岭村背后的山上，如今绿树葱茏。当地群众说，20世纪70年代末山上的树木一度被砍伐殆尽，后来连草都被割来烧光，以前每个屯还派专人负责看山，但是现在根本没人上山砍柴了。

村边远近山上郁郁葱葱，路边地头果树成林，农家的房前屋后到处是累累的椪柑，农村发展处处生机勃勃，完全不是人们从前对西部农村的印象。

"恭城沼气建设引发的农村能源革命，有效保护了农村的生态环境，山绿了、水清了、村庄美了，恭城成为远近闻名的生态农业县。现在看来，我们这条路子是走对了！"恭城县委书记说。

恭城瑶族自治县作为广西北部的一个山区县，20多年来，持之以恒发展沼气能源，引发了当地农村的能源革命，使这里成为远近闻名的生态农业县。

桅杆村村民重和谐

2006年3月29日,阳春三月的四川省射洪县瞿河乡桅杆村,麦苗青青,菜花金黄。

这个位于川中丘陵地带的村庄,共有502户、1784人,人均耕地不足0.8亩。制种、果树、养殖、劳务输出是村民4个主要收入来源。2005年,全村人均纯收入3460元。

在桅杆村,到处可以感受到社会主义新农村的和谐气息。

桅杆村村委会办公室就建在村边,这里也是村里的科技书屋及文化活动室所在地。

村委会办公室旁边是一个敬老院,是由闲置的原村小学改造而成的,里面住着24位老人,其中有18位五保户和孤寡老人,还有托养的6位子女在外务工的老人。

敬老院内有活动室、健身器材,老人们有的在下棋,有的在看电视,有的聚在一起晒太阳、摆"龙门阵",有说有笑,其乐融融。

敬老院的院子里种着莴笋、油菜等蔬菜。84岁的五保户老人朱定能说,这些都是他们自己种的,一来可以活动活动筋骨,二来种了自己吃。"这菜绝对不撒化肥和农药!"老人笑着说。

70岁的涂正国老人是"托养者"之一。他说:"儿女常年在外打工,自己在家没人照顾,也闷得慌。儿女们每月出300元钱把我托养在敬老院里,这里有吃喝有住,和老年人在一起也有话说,儿女们在外很放心。"

离敬老院不足50米的地方就是桅杆村卫生站。3间房子分别为诊室、药房、治疗室,屋内屋外,干干净净。诊室门上挂着"射洪县新型农村合作医疗村级定点机构"的牌子。行医已有20多年的村医邓锦钦说,村里96%的农户都参加了新型农村合作医疗,小病可以不出村。

村卫生站房屋的外墙上贴着的"2006年桅杆村小额信贷信用等级评定结果公示栏"内,户主名、信用等级、可贷款限额,清清楚楚,一目了然。

桅杆村党支部书记李林介绍说:"根据不同信用等级,村民可以在乡信用社贷款2000元至2万元,而且无需抵押和担保,只凭身份证及信用证就行。"

桅杆村约八成的农户都住进了楼房,一幢幢二层小楼坐落在青青田野上,掩映在茂林修竹间,格外醒目。

把各家各户连接在一起的,是一条条平整的乡村水泥路。

在做午饭时间,四处望去却看不到农村那最常见的袅袅炊烟。

在一户村民家,女主人正在厨房,只见她打开气阀,轻拨开关,沼气淡蓝色的火苗就燃了起来。

"我一家4口人,用沼气做饭足够了,既干净,又便宜，再不用像以前烧柴时那样烟熏火燎的了，还可以用来洗澡。"言语间，这位朴实的农村妇女脸上洋溢着幸福的笑容。

"我家每年都要出栏 10 头以上肥猪，卫生厕所及猪圈的排污管通着沼气池，沼气用来做饭、洗澡、点灯，沼液用来肥田、种果树。现在有个时髦词叫'循环经济'，我不知道这算不算？"男主人插话说。

在另一户，一家 5 口人只有女主人一个人在家，其他人都经过培训后出去打工了。指着自家的小洋楼，女主人不无自豪地说："这些年国家政策好，农民种田不交税，国家还倒给粮食补贴。村干部带领大伙修路、打井、建沼气池，家家户户水、电、气、光纤、电话……什么都有了，跟城里人生活差不多。"

"老有所养，壮有所为，少有所教，困有所济，病有所医，村有水泥路，家有沼气池，户有卫生井。"这幅农房墙上的标语概括了桅杆村的现状。

桅杆村让人感受到了一个温馨、安定、和谐的基层社会。

● 新兴生活

余杭村民相约过周末

2006年4月8日,到周末了,在辛勤打工一个星期后,杭州市余杭区运河镇唐公村的村民们正兴冲冲地往村子里赶。

作为村庄的主人,村民们主动相约在周末一起为村子做一些有意思的事情。他们也知道,每到周末,村子里也有一些"好玩儿"的事情等着他们参与。

余杭区文明办副主任徐伟龙说,余杭区农村开展的"相约周末"活动,围绕周末开工、开演、开映、开赛、开讲、开班、开眼这七项主要活动内容,让农民"以我为主"破除陋习,培养文明科学健康的生活方式,"以我为主"建设自己的家园,提升乡村文明程度。

周末开工,被唐公村村民评为"相约周末"系列活动中最有意思的一项内容。

在4月8日这个周末,唐公村村民要开的工,便是自发组织清污小分队,清理村内小河里淤积多年的垃圾。

在这支清污小分队中,一支由13位老年清洁队员组成的"银发分队"尤其引人注目,其中,甚至有两名80多岁的老人。

唐公村村委会主任说,每到周末,这些老人参加清污小分队的积极性最高,因为他们正是小河的历史见证人。

"银发分队"队员61岁的王莲说:"这里曾经是典型的江南水乡,我们坐着乌篷船进进出出,在清澈见底的小河里淘米、洗衣。"

王莲的一番话勾起了村民们的记忆,也打开了他们的话匣子。

"以前村民没有文明意识,不知道要保护小河,顺手就把生活垃圾丢到了小河里。"

"经济发展了,大家都富了起来,有了摩托车,用上了自来水,就把小河当成了门前便利'垃圾桶'。"

"近20年的垃圾沉积在河里,现在有2米深,臭气熏天啊!"村民们你一言我一句诉说着小河的历史。

据介绍,唐公村将在2006年年底基本完成对小河的清污工作,村委会也调动全村党团员和广大村民共同开展清洁家园和清理河道等公益活动。

为了重拾"江南水乡"的美好记忆,很多村民自发当起了"环卫兵"。

一位参加清污的村民指着自家门前新垃圾桶说:"现在好了,大家都自觉把垃圾放在里面,区政府专门安排垃圾车负责处理我们的生活垃圾。我们也想有美丽的家园,所以很乐意出力治理村里的小河,让它回到原来的模样。"

夜幕降临,村委会办公楼三层的讲堂里灯火通明,里面坐满了前来参加"周末开讲"活动的村民。

4月8日这一天,出现在讲堂里的大多数是带着孩子的妇女,因为讲座的专题是"妇女时尚与文明"。

主讲老师是区卫生局退休干部郑焕莲,她的幽默与亲切很快就征服了在场的每一位妇女。

起初,妇女们还有些害羞,后来就很积极主动地配合郑老师的讲课,模仿郑老师教的如何接电话,如何给客人让座等礼仪。

一身大红色职业装的郑老师还给村民讲授如何穿衣搭配,如何选用首饰,如何保养皮肤等时尚话题。在场的妇女们听得兴趣盎然。

郑焕莲说,农村妇女同样需要时尚、文明元素的熏陶,在这些生活条件比较好的农村,农民的"素质教育"应该跟上时代步伐。

与此同时,村委会办公楼前的操场上摆上了凳子,拉起了电影投影布,"周末开映"活动也开始了。

石家庄农民连年增收

2006年4月下旬，在北方小麦主产区河北省石家庄，燕赵大地万顷碧绿，小麦正处在孕穗期，长势喜人。

在河北省藁城市系井村的麦田里，农民老李喜滋滋地说："我家种了6亩地，前些年每亩年纯收入不足300元。这些年来，中央连续发了3个一号文件，又免又补又提高粮价，去年我家每亩地夏秋两季平均产量为900多公斤，每亩年收入达到670元。"

据介绍，石家庄市2003年粮食种植面积1050万亩，到2005年已增加到1099万亩。全市小麦平均亩产自1995年突破400公斤大关以来，已连续11年稳定在400公斤以上。特别是2004年以来，小麦平均亩产分别达到445公斤和446公斤，连续两年创历史新高。

在栾城县南石碑村，农民老王正在麦田里浇水。

他说："过去浇地是大水漫灌，浇一亩地需要2个小时，用水140立方米，费水费电费时不说，弄不好还会跑水，造成浪费。现在好了，节水管道通到了每家的地里，1个小时就浇完了，只用水60立方米，又快又好又省钱。"

据介绍，石家庄市人均水资源量仅为全国平均水平的八分之一，水资源短缺和发展经济的矛盾十分突出。

"十五"期间,全市农业基础建设总投入12.5亿元,建成节水灌溉面积153万亩。截至2005年,全市农业节水面积达451.25万亩,占有效灌溉面积的58.5%,年节水4.96亿立方米,年减少支出4700万元,年增产粮食2.97亿公斤,农民因此人均年增加收入347元。

老王算了一笔账:

种一亩优质专用小麦,亩产一般可达520公斤左右,每公斤市场价是1.66至1.8元,这样种一亩小麦纯收入可达400多元;再加上秋作物玉米,一亩粮田一年的纯收入在660元左右。

现在,从种到收都实现了机械化,一次喷洒即可灭虫、除草、施肥,一年也就是浇上几次水,妻子孩子捎带着就干了。壮劳力可以腾出时间和精力干别的挣钱,况且现在种粮比干别的投入少、风险小,所以,农民都愿意种粮。

在正定县,荣获2004年全国十大种粮状元之一的农民张计申说,他承包了村里500多亩沙滩地,在2005年,仅种粮一项就收入12.5万元。村里还有400多亩沙滩地,他已请农业专家考察过,完全可以改造成粮田,来年装进兜里的票子恐怕要翻倍了。

这些年来,石家庄市从农业里"生"出了年销售额在500万元以上的农产品加工企业176个,形成了一头连着农村一头连着市场的产业链,农业产业化率达到58%,带动了全市76万农户,农业产业化经营总量达到460

亿元。

2003年，石家庄市农民人均纯收入3394元，2005年增加到4118元。

这些年来，河北省石家庄市用科学发展观统领"三农"工作，以发展粮食生产，提高农民收入为着力点，大力推广节水农业，推进农工牧协调发展，积极探索出了建设新农村的路子。

王兰庄村的巨变

2006年5月29日,在天津市西青区王兰庄村,村民郭女士感慨地说:"变化太大了!过去家里三间旧平房只有36平方米;现在我们只掏1.2万元就住进了135平方米的新房。我在集团公司做会计,丈夫在农贸市场当司机,月收入都在1000元以上。我们的生活和城里人已经没有什么区别了。"

王兰庄村地处天津市西南部,位于天津市中环线与外环线之间,全村620户、2000余人。

10多年前,王兰庄还是一个纯农业村,人均耕地不到0.4亩,解决吃饭问题都很困难,是出了名的穷村。

近几年,王兰庄村从实际出发,确立了发展都市城郊型经济的思路,积极推进新农村建设。

10多年间,村里创办了18家企业。2006年,全村经济总量达到7.02亿元,人均年收入9318元。村经济实力不断增强,2005年,村集体纯收入达2670万元。

随着集体经济的壮大,村里在投资1.3亿元为村民改善住房条件后,每年投入400万元为村民办福利,让村民老有所养、病有所医、困有所助。

2006年,全村劳动力中有624人在村办经济实体中就业,年工资多在1万元以上;全村所有到了退休年龄的老人每月从村委会领取 300 至 350 元退休费；全村实行大病统筹，村民住院看病可报销 60%；村里还每年定期给村民体检，定期组织老人旅游。

结合城市郊区群众思想活跃的特点，几年来，村里先后建成了藏书达 2 万多册的村级图书馆；建了群众健身中心、篮球场；投资 680 万元建设了容纳 24 个教学班的小学校。全村由过去十几年不出一个大学生到一年出 10 多个大学生。

芜湖农民话新村

2006年5月30日,在长江下游的安徽省芜湖市,正在建设中的新村,到处是一派喜气洋洋的新气象。

初夏时节,从长江大堤进入三山区北部的圩口区,在这里,经国家拨款除险加固大堤,挡住了渗浸入圩的洪水。这里的水洼地整治出了5000多亩适宜种菜的肥土,四个穷村归并成一个联群村,既种菜,又搞特色养殖,村民们开始过上了好日子。

在有1500多户人家的村里,一排排新居之间不时可见商店,还有集贸市场,简直就像一个小城镇。

村民梅战宝说:"过去种的是低产地,一亩年净收入不过200元。如今我每年种三季菜,一亩净收入有5000元。路都通到了田间地头,家家户户都有电瓶车,我家的地就在村边,电瓶车充一次电4角钱,可来回跑4趟哩。"

南陵县是芜湖有名的鱼米乡,粮食年产量达35万吨,约占全市粮食总产量的一半。

在张桥居民点,村里的农民纷纷谈起让他们振奋的新农村建设事业。

谈起增收工程,村民黄从性干脆唱出他的高兴之情:"早稻撒(种)、晚稻抛(秧),收割不用刀,只带一捆装粮包。电瓶车一开到田头，万担归仓不用挑。感谢党的政策好，皇粮国税也不交，三提五统全取消，良种补贴到腰包。"

他把大家都唱得笑了起来，村民们七嘴八舌说，这个良种良法实在好。

黄从性家有8.2亩田，早稻是撒播，一天就完；晚稻用塑料软盘抛秧，一盘抛出去，就是10来平方米，花工不过两三天的时间。收割时请来收割机，一个多小时就收完。

村民舒士富说："种田是机耕，收割机把谷草打成草灰还田肥田，道道环节省事，至少省了70%的工。你们别以为我们只知道种粮，种粮之余，还可以打工、做生意、搞多种经营。我除种7亩地外，省下的时间就搞养殖，做点儿粮食生意，去年靠这两项，就赚了2万多元。"

黄从性算了一下账，早、晚两季稻，生长期共有220多天，8.2亩田，只需35个工就够了，每亩净收入1000余元，总收入8000多元，平均每个工的收入有200多元，比打工强得太多了。

村民秦华家筹资买了一台收割机，大田一天收割100亩，小田一天收割四五十亩，一年要收几季，光这一项，年收入就有10多万元，买收割机的钱，一年就收回了。

收入高了，农民盼望住房好一点儿，联群村移民建村的补偿款并不够，但村民可以先交首付款，剩下的再用增收款交。现在，除个别困难户外，95%以上的村民都交完了。张桥居民点的道路、排水、供电、路灯等配套设施正在完善，休闲娱乐区的建设也已开始。

芜湖市分管城乡建设的副市长洪建平说，市里规划将现有的1万多个自然村，逐步归并成2000个左右的社区，统一供水和道路等配套建设，形成城乡一体、组团式的发展格局。当年市里决定拿出3400万元反哺农村，其中1400万元用于村容整治，2000万元用于项目带动，实施"百村整治、十村示范"工程。

"现在关键是促进农民增收，农民的收入多了，再加上城市反哺，新农村建设的步伐就快了。"洪建平说。

农民感谢合作医疗

2007年2月初，安徽省蒙城县的李瑞卿老汉紧揪多日的心终于松开了，心情也开朗起来了。

原来是老伴儿住院18天，康复出院了；老两口参加了2007年度"新农合"，出院时从医院领取医药补偿费1370元。

老汉逢人便说："参加'新农合'好哇！住院按标准给报销，是党和政府又给俺农民办的一件大好事。"

李瑞卿老汉系蒙城县乐土镇建明村李桥口人，儿女们都成家立业了，李瑞卿和老伴儿与儿女们分开另过，两个60多岁的老人相敬如宾，平时靠养羊、喂鸡鸭，省吃俭用积攒了一两万元，原指望留着年事高的时候防老。

谁知天有不测风云，2006年12月26日，老伴儿突发脑血栓住进了蒙城县第一人民医院抢救，住院18天，花去医药费6000多元。其中，2007年1月1号以后的医药费为3380元。因李瑞卿老两口都参加了2007年度"新农合"，按其补偿规定标准，李瑞卿老汉领取医药补偿费1370元。

在2008年8月21日，46岁的安徽省无为县无城镇凤河村村民吴作舵感慨地说："要不是参加新型农村合作医疗，我恐怕活不到现在，"新农合"真是我的'救命恩人'啊!"

2001年,吴作舵在北京打工办理健康证时,被海淀区人民医院检查出得了肾功能不全症。在以后四五年的治病生涯中,吴作舵用去自己打工挣来的和向亲朋好友借来的30万元,但病情始终未见好转。

2005年5月,已处于昏迷状态的吴作舵被北京地坛医院下达了病危通知书,全家人哭作一团。后经医院全力抢救,吴作舵终于被从死亡线上拉了回来。

"当时看到家里为给我治病已经一贫如洗,我心里难受得要命,偷偷决定放弃治疗了。"回想起当时的困难境地,吴作舵泪流满面。

2006年11月底,凤河村委会主任邰立海的一个电话,让吴作舵重新燃起了生的希望。

"邰主任对我说,无为县正准备搞新型农村合作医疗,并把参加'新农合'的好处和方法都告诉了我。"吴作舵说,他立即从北京赶回无为,12月就办了新农合医疗就诊证。

吴作舵说:"去年以来,我用去医药费9.74万元,共报销了4.26万元,不但减轻了家庭负担,也让我更有信心继续治病了。"

2008年3月,当无为县落实安徽省提高合作医疗筹资标准和补偿待遇进行二次筹资时,全县参加合作医疗的农民一下子比上一年增加了3520人。

本书主要参考资料

《新农村建设之新农业》傅治平 赵小艳著 中国社会出版社

《新农村建设在广东》余甫功等著 广东人民出版社

《培养社会主义新型农民》周谷编著 新疆人民出版社

《新农村建设政策解读》古月等编著 新疆人民出版社

《新农村建设之新农民》彭京宜著 中国社会出版社

《社会主义新农村建设常识与政策》宋世明主编 中共中央党校出版社

《乡风文明：新农村文化建设》陈立旭 潘捷军等著 科学出版社